# 아지트에서
# 만나

최유정 소설

차례

# 미역국

"아, 개운하다."

목소리가 경쾌했다. 아빠 목소리에 선우가 인상을 찌푸렸다. 블라인드 사이, 벌어진 틈을 뚫고 아침이 들어오고 있었다. 책상 위 탁상시계를 보니 7시. 조깅을 마친 아빠는 7시 정각에 정확하게 집에 들어왔고, 선우는 아빠 목소리에 번번이 잠이 깼다.

"냄새 좋은데."

"시장에 냉이가 좋더라고요. 당신 냉잇국 좋아하잖아요."

"역시!"

방문 너머로 들려오는 소리에 선우는 누에가 고치 감듯 이불을 몸에 말았다. 이불 속 온기에 더 머물고 싶었다.

"아직 안 일어났어요, 선우?"

이름이나 인칭 대명사를 문장 뒤에 붙이는 것은 아빠의 말버릇이다. 돌덩이를 매단 듯 끝을 내려 묵직하게 처리하는 말투 또한 아빠의 오래된 습관이다. 가라앉는 말투 때문일까? 아빠 말을 듣고 있노라면 서늘한 기분이 들곤 했다.

"아녀요. 아까 일어났어요."

7시 10분, 둘러대는 엄마 목소리에 선우는 몸을 더 웅크렸다. 갑자기 발이 시렸다. 양말은 이불 속 어딘가에 처박혀 있을 터, 발을 뻗으니 발가락 끝에 양말 한 짝이 걸렸다. 발가락으로 양말을 들어 올렸다. 나머지 양말 한쪽은 방바닥에 떨어져 있었다. 이불 속에서 빠져나와 양말을 챙겨 신었다. 온몸에 가득차 있던 냉기가 거짓말처럼 사라졌다. 밤새 몇 번이나 양말을 신었다 벗었다 하는 걸까? 안팎으로 차오르는 냉기 때문에 선우는 요사이 밤이 괴로웠다.

"선우야!"

엄마가 선우를 불렀다.

"선우야, 아침 먹자."

손바닥에 침을 묻혀 덩어리져 있는 머리카락을 풀어내고 뒤통수에 손가락을 밀어 넣어 머리숱을 부풀렸다. 방문을 열기 전, 눈곱을 떼는 것도 잊지 않았다. 7시 15분, 선우가 방문을 활짝 열어젖혔다.

"굿 모닝, 선우."

눈이 마주치자 아빠 눈꼬리 잔주름이 선우를 보며 먼저 웃었다. 선우는 아빠 입가의 거미줄 같은 잔주름을 보며 아빠가 많이 늙었다고 잠깐 생각했다. 김이 모락모락 나는 접시를 든 엄마가 식탁으로 걸어오며 선우를 힐끗거렸다. 서 있지 말고 어서 가 앉으라는 눈빛이었다. 선우는 식탁을 향해 몸을 돌리고 한 걸음 크게 내디뎠다. 기다렸다는 듯 음식 냄새가 와락 달려들었다. 그러고 보니 어제 저녁밥을 두어 숟가락 뜨다 말았다. 냉잇국보다 고소한 밥 냄새가 허기를 더 자극했다.

선우가 아빠 옆자리에 앉았다. 시선이 바로 내리꽂히는 앞자리보다 옆자리가 훨씬 편했다.

"일찍 일어났구나, 선우."

"선우야, 미역국이 더 좋지? 넌 어제 끓여 놓은 미역국 먹어."

거의 동시였지만 별나게 엄마 목소리가 컸다. 아빠가 미간을 찌푸렸다.

"웬만하면 선우에겐 미역국 먹이지 말라고 했잖아요. 잊었어요, 당신?"

엄마가 선우 앞에 국그릇을 막 내려놓으려는데 아빠가 쏘아붙이듯 말했다.

"곧 시험 기간이잖아요. 게다가 3학년 첫 시험인데."

엄마는 그릇을 손에서 놓지 못하고 정지된 화면처럼 그대로 서 있었다. 엄마 손에 들린 그릇 속 미역 줄기들이 엄마의 망설임인 듯 움찔거렸다. 선우는 꼴깍 침을 삼켰다.

"에이, 시시한 시험이에요. 성적에도 안 들어가요. 그리고 미역국 먹고 싶다고 한 건 난데…."

긴장하지 않으면 팽팽해지고 그대로 두면 여지없이 터져 버리는 이런 순간들이 선우는 싫었다. 미역국이면 어떻고, 냉 잇국이면 어떻단 말인가? 제 앞에 놓인 국그릇에 숟가락을 넣으려다 말고 선우가 벌떡 일어섰다.

"아, 냄새 때문인가? 갑자기 냉잇국이 당기네. 봄엔 역시 냉 잇국이죠?"

선우가 국그릇을 들고 걸어가자 엄마도 따라 걸어왔다. 엄마가 힐끗 선우를 보며 희미하게 웃었다. 선우는 입꼬리에 닿을 듯 처져 있는 눈꼬리를 보고 싶지 않아 엄마를 외면했다. 조리대 위에 놓인 냄비 뚜껑을 열자 미역국 냄새가 훅 올라왔다.

6학년 겨울 방학 때 일이 갑자기 생각났다.


"최고 반에 들어가야 한다고 몇 번을 말했어요, 내가?"

선우 중학교 진학을 앞두고 아빠는 학원을 바꾸게 했다. 버스를 두 번이나 갈아타야 해서 번거로운데도 꼭 그 학원에 다녀야 한다고 했다. 단계 시험을 거쳐야 하는 학원 최고 반에만 들어가면 중학교 내내 전교 10등 이내 상위권 성적을 유지할 수 있다고, 침 튀기며 설명하는 아빠 얼굴에 모처럼 생기가 돌 았다.

"미역국을 먹이다니….."

단계 시험을 형편없이 치르고 온 날이었다. 엄마를 탓하는 아빠에게 시험이 너무 어려웠다고, 한 번도 접하지 못한 문제가 수두룩했다고 선우는 차마 말하지 못했다. 미역국을 시작으로 아빠가 엄마에게 퍼붓는 힐난이 독화살처럼 느껴졌고, 입을 열기만 해도 아빠의 독화살이 저를 겨눌 것 같았기 때문이었다.

"하는 일마다 당신은."

그날 엄마는 1시간 넘게 아빠의 힐난과 조롱을 견뎌야 했다. 엄마 얼굴에서 점점 핏기가 사라졌다. 선우는 시들어 죽은 베란다 화분처럼 엄마가 말라 비틀어 죽어 버리는 게 아닐까 내내 걱정을 했다. 그때부터였다. 학교 시험이며 학원 시험에 치여 사는 선우에게 미역국은 금기 음식이 되었다.


숟가락을 내려놓은 아빠가 거실 장 앞으로 가더니 턴테이블에 엘피판을 올렸다.

프리드리히 굴다가 연주하고 클라우디오 아바도가 지휘한 빈 필하모닉 관현악단의 '모차르트 피아노 협주곡 20번'이 바닥으로부터 약 5분의 1 지점에 머물며 흐르기 시작했다. 식탁 의자에 다시 앉은 아빠가 눈을 감았다. 선우는 젓가락으로 콩자

반을 집으려다 말고 동작을 멈췄다. 선반에 그릇을 쟁이던 엄마도 팔을 뻗친 채 그대로 멈췄다. 눈을 감고 있는 아빠 얼굴만 더할 나위 없이 평화로웠다.

"항상 들어도 좋지, 모차르트?"

눈을 뜬 아빠가 혼잣말처럼 읊조리더니 선우를 바라봤다. 선우 고개가 자동으로 끄덕여졌다. 아빠가 흐뭇한 표정을 지어 보였다.

"내일 저녁 6시 잊지 않았죠, 당신?"

"내일이요?"

갑자기 다정해진 아빠에 비해 엄마 목소리가 다소 가볍고 거칠었다. 저도 모르게 선우는 등을 움츠렸다.

엄마는 왜 매사 서툴기만 한 걸까? 아빠와 어떻게 대화해야 하는지 대처법을 익혀 가고 있는 선우와 달리 우물쭈물하면 안 되는데 우물쭈물하고, 거짓말 한 번이면 끝날 텐데 엄마는 간단한 거짓말조차 하지 못했다. 그래서일까. 매사 주눅이 들게 하는 아빠보다 능숙하게 대처하지 못해 상황을 꼬이게 만드는 엄마가 선우는 더 신경이 쓰였다. 김치를 집어 든 아빠 젓가락이 공중에 멈춰 흔들거리고 있었다.

"아, 내일? 맞아요. 아버님 오시는···."

"정신을 어디 두고 다녀요, 당신은?"

엄마 말이 끝나기도 전에 탁, 소리가 나게 아빠가 젓가락을 내려놓았다. 젓가락에 붙잡혀 있던 김치 쪼가리가 식탁 밖으로 튕겨 나갔다.

　순간, 숨이 저절로 멈췄다. 머릿속까지 하얘졌다. 엄마를 대신해 무슨 말이라도 해야 할 것 같은데 지우개로 지운 것처럼 정말 아무 생각도 나지 않았다. 엄마가 정신을 어디 두고 다니는지 알 수만 있으면 당장 달려가서 챙겨 오고 싶었다. 그때 다시 탁 소리가 났고, 식탁 위 접시들이 요동쳤다.

　"그러니까…."

　틱, 틱, 틱, 틱, 틱, 틱. 방금 식탁을 때린 아빠 오른손 가운뎃손가락이 식탁 한 곳을 집요하게 두드려 대기 시작했다.

　"완벽한 건 바라지 않으니 그저 노력이라도 해 줘요, 제발."

　틱, 틱, 틱, 틱, 틱, 탁. 아빠 목소리가 너무 낮고 차분해서 손가락으로 두드리는 소리가 귀에 더 거슬렸다. 엄마가 고개를 끄덕이며 죄송해요, 입술을 달싹거렸다. 젓가락으로 밥알만 세고 있던 선우는 눈을 들어 엄마를 훔쳐봤다. 엄마 이마에 송골송골 땀이 맺혀 있었다. '모차르트 피아노 협주곡 20번'이 절정을 향해 치닫는 중이었다.

# 고양이 인형

암막 커튼이 모든 걸 가리지는 못한다. 틈새를 찾아낸 빛이 공기 퍼지듯 퍼져 나가면 방 안 곳곳, 어둠 덩어리로 숨어 있던 물건들은 하나둘 제 형체를 드러내기 시작한다. 지유는 한 시간째 이부자리에 누워 어슴푸레 살아나는 물건들을 멍하니 바라보고 있다. 방 안 여기저기 놓인 물건들이 어수선하기 그지없었다.

빵, 느닷없는 소리에 지유가 벌떡 일어나 앉았다. 낯선 동네로 이사 왔다는 것을 지유는 새삼 깨달았다. 이사 온 집이 큰 도로변은 아니어도 길갓집이라는 사실 역시 다시금 확인했다.

딸깍, 방문 열리는 소리가 들려왔다. 저절로 귀가 쫑긋 세워졌다. 질질, 슬리퍼 끄는 소리. 컵을 들어 정수기 아래 갖다 대는 소리. 삑, 삑, 정수기 버튼을 두 번 누르는 소리. 연이어 정수기에서 물이 빠져나오는 소리가 들려왔다. 지유는 또르르, 물이 컵에 담기는 소리를 들으며 엄마의 다음 행동을 상상했다. 그때였다.

"지유야!"

젠장, 엄마가 물을 마실 거라고 상상하고 있었는데.

"지유야!"

저벅저벅, 지유 방을 향해 걸어오는 소리가 들려왔다.

"지유야!"

"엉."

얼떨결에 지유가 대답을 했다.

"방에 있지?"

"네."

이번엔 제법 큰 소리로 대답했다. 거의 동시였다. 지유 방문이 확 열렸다. 환한 빛이 쏟아져 들어왔다. 지유는 손바닥으로 눈두덩이를 가렸다. 방문을 여는 사이, 엄마가 들고 있는 컵에서 물방울 몇 개가 방문턱으로 떨어졌다. 지유 손가락 사이로 엄마가 내다보였다. 엄마 등 뒤로 빛무리가 날개처럼 펼쳐져 있었다.

"큰 소리로 대답해, 놀랐잖아."

엄마가 말했다.

"없는 줄 알았어."

혼잣말을 읊조리며 방 안으로 걸어 들어오던 엄마가 손에 들린 컵을 바라봤다.

"아, 내가 아직도 안 마셨네."

잔뜩 목이 말랐던 것처럼 엄마가 벌컥벌컥 물을 마셔 댔다. 그러더니 방 안을 둘러보며 얼굴을 찌푸렸다.

"이렇게 어둡게 하고 있으면 누가 없어져도 모르겠다."

엄마가 성급하게 팔을 뻗어 방문 옆 스위치를 건드렸다. 방 안이 일순간 밝아졌고 더 밝아진 빛을 감당할 수 없어 지유는 오른팔로 얼른 눈을 가렸다. 오래된 기억 하나가 암실에 걸어 둔 필름처럼 오롯이 떠올랐다. 1년 전, 쉼터에서 나와 엄마와 다시 살기 시작한 즈음의 일이었다.


"지유, 학교 끝나면 바로 올 거지?"

일주일에 한 번, 담임에게 내야 하는 수필 노트가 보이지 않아 한참을 찾던 중이었다. 국어 담당인 담임은 처음 만난 날, 소소한 일상을 일기 쓰듯 써서 매주 제출하라고 했다. 자기 자신을 들여다볼 줄 아는 사람이 결국은 성공한 인생을 살게 된다고 했다. 그 생각은 고마웠지만 사실 쓸 때마다 곤혹스러웠다. 나 혼자 들여다보면 안 되나? 왜 들여다보기를 같이 해야 하는 거지? 자신이 쓴 글 밑에 담임이 빼곡히 적어 놓은 격려나 위로, 때로는 명언 같은 문구를 볼 때면 지유는 얼굴이 화끈했다.

거의 지어낸 수준인 지유의 글을 보며 오만 생각을 했을 담임에게 미안하기까지 했다. 그래서일까? 글을 쓸 때면 죄짓는 기분이었다. 그렇다고 안 쓸 수도 없는 노릇. 지유 성격이 원래 그랬다.

"어디 뒀더라?"

일주일에 한 번 내는 노트라 다른 것들에 휩쓸려 여기저기 들어가 있곤 했다. 지유가 혼잣말하며 책상 서랍 마지막 칸을 열었는데 노트가 보였다. 학교에 늦겠다고 생각하며 지유가 노트를 가방에 집어넣었다.

"내가 우습니?"

엄마가 문 앞에 버티고 서 있었다. 그런 줄 모르고 방문을 연 지유는 하마터면 엄마와 부딪힐 뻔했다. 그제야 조금 전 어렴풋하게 들린 엄마 목소리가 떠올랐다. 엄마가 우습냐고? 아차, 싶었다. 하지만 일부러 그런 건 아니었다. 엄마 얼굴이 불을 뿜어낼 것처럼 빨개서 지유는 저도 몰래 한 걸음 물러섰다.

"우스워서 대답을 안 하는 거냐고?"

엄마 목소리가 두 옥타브는 올라가 있었다. 엄마가 한 걸음 다가오자 지유는 한 걸음 더 물러섰다.

"대답해야 할 거 아니야, 대답을!"

노트 찾는 데 정신이 팔려 미처 대답을 하지 못했다. 사실 이런 일은 쉼터에서 살 때도 가끔 있던 일이었다. 초등학교 4학년 때부터 헤어져 살았으니 어떤 일에 정신이 팔리면 주위 소리를 잘 듣지 못하는 지유 습관을 엄마가 알 리 없었다. 계면쩍은 마음에 지유가 머리를 긁적였다.

"못 들었….."

"귓구멍이 막혔어?"

지유는 벼락같은 목소리에 귀청이 찢어질 것 같았다.

"귓구멍이라도 막힌 거냐고?"

엄마 목소리가 가파른 계단을 타고 올라갔다. 엄마 아빠랑 같이 살 때가 생각났다. 엄마는 아빠와 싸울 때도 늘 이런 식이었다. 자기 생각만 내세우고, 자기 기분만 이야기했다. 엄마 악다구니에 지친 아빠가 입을 다물어도 엄마가 조용해지는 건 한참 뒤였다. 지유는 저도 모르게 고개를 푹 떨궜다.

"가 버린 줄 알았어. 그래서 그랬단 말이야."

지유가 아무 말도 하지 않자 한참 뒤 엄마가 말했다.

"다음부턴 큰 소리로 대답해. 알겠지?"

한결 낮아진 목소리였지만 당장, 어서 대답하라는 재촉이 느껴졌다.

"네."

"피죽도 못 얻어먹은 목소리로 대답하지 말고. 알겠지?"

확실한 대답을 듣고 싶은지 엄마 목소리가 조금 더 커졌다.

"네."

지유가 이번엔 크게 대답했다.

눈물이 핑 돌았다. 대답 한 번 안 한 것이 이렇게 혼날 일인가 싶고, 살얼음판이던 어린 시절이 되풀이되는 것 아닌가 싶어 불안했다. 퍼뜩, 이러다 지각하겠다는 생각이 들었지만 벌써 8시, 당장 뛰어가서 버스를 타도 이미 늦은 시간이었다.

지유가 가방을 메고 거실로 나왔을 때 엄마는 소파에 앉아 있었다. 학교 다녀오겠다는 인사를 해도 엄마는 대답을 하지 않았다. 치, 이런 게 어디 있어? 가 버린 줄 알았다고? 우릴 두고 가 버린 사람이 누군데…. 현관문을 열고 나오자 기다렸다는 듯 지유 볼 위로 눈물이 흘러내렸다.


기억을 끊어 내듯 지유가 눈을 가리고 있던 팔에 힘을 줘 눈두덩을 눌렀다. 팔을 내린 지유가 엄마를 올려다봤다. 엄마가 한 손에 컵을 든 채로 방 안을 휘휘 둘러보고 있었다.

"이걸 다 언제 정리하니?"

"금방 해요. 내 방 먼저 하고, 선유 방도 정리할게요."

"선유 방은 놔둬."

"응?"

엄마가 창문 앞으로 성큼성큼 걸어가더니 암막 커튼을 확 걷어 젖혔다.

봄이라 아침 빛이 사납지 않았다. 튕겨 나가고 사라지는 것들이 없도록 세상 어린 것들을 감싸 안는 봄빛, 창문 너머 투명한 봄빛이 따뜻하게 느껴져 지유는 눈물이 나오려 했다. 커튼이 나불거리는 게 못마땅한지 엄마가 커튼을 끈으로 꽉 묶었다.

"선유 방은 치울 게 별로 없는데…."

선유 방 정리하는 건 내가 하고 싶어요. 끝까지 말하고 싶었지만 지유는 뒷말을 그냥 삼켜 버렸다.

늘 이랬다. 생각이 앞서면 말이 늦어지고, 말이 앞서면 생각이 따라오질 못했다. 어느 때는 빨리 대답해야 하고, 어느 때는 신중하게 대답해야 하는지도 지유는 늘 어렵고 복잡했다. 지유가 이부자리에서 일어나 머리 뒤로 손깍지를 꼈다. 고개를 뒤로 젖히자 밤새 고정되어 있던 목뼈가 우두둑 소리를 내며 부러졌다.

"점심 전에 텔레비전 들어올 거야. 거실 먼저 대강 치워야겠다."

지유에게 등을 진 채로 엄마가 말했다.

무슨 이유로 텔레비전을 사기로 결심했는지 모르지만, 엄마가 텔레비전을 산 건 사건 중의 사건이었다. 지유는 마냥 좋았다. 학원에 다니지 않는 지유에겐 남는 게 시간이었다.

"네."

방을 나서는 엄마 등 뒤에 대고 대답하자 엄마가 잠깐 멈춰 섰다. 방문턱을 넘어서며 엄마가 컵을 기울여 물을 마셨다.

지유는 텔레비전이 들어오기 전에 얼른 제 방 정리를 해야겠다고 생각했다. 쉼터에 들어갈 땐 달랑 가방 하나였는데, 쉼터 생활을 하면서 짐이 늘었다. 엄마와 함께 살기 시작하면서 짐은 다시 두 배가 되었고, 선유 짐까지 합하면 이것저것 치울 게 많았다.

지유가 제 방에 있는 상자 가운데 제일 큰 상자를 열었다. 상자 안 가득 찬 물건을 보자 한숨이 나왔다. 겹겹이 놓인 물건들 사이로 솜뭉치 하나가 보였다. 지유가 싱긋 웃었다. 솜뭉치를 잡아당기자 물건들을 비집고 고양이 한 마리가 쑥, 빠져나왔다. 털이 죄 뭉개진 고양이 인형은 낡을 대로 낡아 있었다. 까만 코언저리 수염 몇 가닥이 자신이 왕년엔 고양이였다는 걸 옹색하게나마 증명하고 있었다. 지유가 고양이 얼굴을 쓰다듬자 살아 있는 것처럼 고양이 수염이 움직거렸다. 고양이 인형은 선유가 가장 좋아했던 인형, 선유는 늘 이 고양이 인형을 끌어안고 살았다. 지유가 고양이 인형을 가슴에 꼭 안았다.

딩동, 딩동, 딩동. 누가 초인종을 거칠게 눌러 댔다.

"누구세요?"

초인종 소리만큼이나 거칠게 엄마가 대답했다.

"텔레비전이요."

"아니 지금 몇 신데….."

"오전에 온다고 말씀드렸잖아요."

“그래도….”

현관문을 사이에 두고 오가는 말투가 서로 곱지 않았다. 시계를 보니 9시 20분. 고양이 인형을 던져 두고 지유가 거실로 달려 나갔다. 벌러덩 누운 고양이 인형이 어서 안아 달라는 듯 네 발을 치켜들고 있었다.

“배송 오기 전에 전화라도 한 통 해야 하는 거 아니에요?”

“전화했잖아요, 어제.”

“그건 그거고.”

더는 이야기하기 싫다는 듯 엄마가 텔레비전 놓을 자리를 손가락으로 가리켰다. 낑낑거리며 텔레비전 상자를 들고 오는 아저씨를 바라보던 엄마가 거실 구석에 있는 지유를 힐끗 쳐다 봤다.

“들어가.”

흡사 머리통을 꽉 내리누르는 소리. 엄마 목소리에서 거역할 수 없는 힘이 느껴졌다.

두말도 하지 않고 지유가 방으로 들어갔다. 텔레비전 설치하는 걸 구경하고 싶지만 호기심보다 더 중요한 건 엄마 말을 거스르지 않는 것이었다. 엄마와 함께 산 지난 1년, 지유는 눈치껏 엄마 말을 들어야 한다는 것을 가장 먼저 깨닫고 배웠다. 느려 터진 지유에겐 절대 쉽지 않은 일이지만 다행인지 불행인지 이젠 몸이 알고 먼저 반응했다. 텔레비전 상자를 북북 뜯는 소리와 잡다한 물건들을 옮기고 설치하는 소리가 거실에서 들려왔다.

"전에 쓰던 텔레비전 수거도 해 드리거든요."

설치가 끝났는지 먼지를 털어 내며 일어서는 소리가 들렸다. 엄마는 아무 대답도 하지 않았다. 대신 지지직거리는 소리에 이어 단정하고 정갈한 목소리가 들려왔다.

"일곱 살 여자아이가 트럭에 치여 안타깝게 사망했습니다. 목격자들에 따르면 여자아이가 인도에서 갑자기 튀어나오는 바람에 대응하기 어려웠다고 합니다. 신발도 신지 않고 속옷 바람으로 밖으로 나온 여자아이를 두고, 사고 현장 부근 주민들의 제보가 들어오고 있는데요. 경찰은 트럭 운전사를 검찰에 송치했으며 자세한 내용을 파악하기 위해 검찰이 수사에 나섰다고 합니다."

지유는 텔레비전 속 아나운서 목소리를 들으며 상자 속 물건을 하나하나 꺼내기 시작했다.

"무료 애프터서비스 기간은…."

기사 아저씨 목소리가 가까워졌다 다시 멀어지고 있었다.

무슨 먼지가 이렇게 많이 덮였을까? 물티슈 한 장을 뽑아 상자에서 꺼낸 책 앞뒤를 지유가 닦기 시작했다. 그런데 그 여자아이는 왜 튀어나왔을까? 어딜 그리 급하게 가려고 했을까? 툭툭 튀어나오는 생각들 때문에 물티슈를 쥔 지유 손이 멈췄

고양이 인형

다. 지유는 제가 한 손엔 책, 한 손엔 물티슈를 들고 멍하니 앉아 있는 것도 잊고 있었다.

"쓰시다 문제가 있으면 언제든 연락…."

작은 상자 하나를 꺼냈다. 상자 안에는 바닥을 드러낸 로션과 가끔 바르는 립스틱, 비비크림, 선크림 같은 화장품이 들어 있었다. 로션을 새로 사야겠어! 상자 속, 로션 병을 집어 들다 말고 지유가 갑자기 멍해졌다. 그런데 그 여자아이는 왜 속옷 바람이었을까? 신발을 신을 새도 없이 왜 튀어나온 걸까? 솟아나는 샘물처럼 애먼 생각들이 자꾸만 솟구쳐 올라왔다. 지유는 로션 병을 꺼낼 생각을 못하고 로션 병에 손만 얹어두고 있었다.

"제 명함입니다. 필요한 가전제품 있으면 연락해 주세요. 제가 싸게…."

아저씨 목소리에 지유가 번뜩, 정신을 차렸다. 부스럭부스럭, 상자 챙기는 소리가 들려왔다.

"네, 네. 알겠어요."

엄마 목소리에서 낯선 사람을 어서 내보내고 싶은 안달이 느껴졌다. 챙겨 나가는 물건이 많은지 기사 아저씨 발걸음 소리가 더디고 무거웠다. 거친 엄마 발걸음 소리도 함께 들려왔다.

"안녕히 계십…."

두말도 없이 엄마가 현관문을 딸깍 닫았다.

그사이 로션 병을 집어 든 지유가 플라스틱 로션 병을 떨어뜨리고 말았다. 툭, 탁! 물건들이 저희끼리 부딪히며 둔탁한 소리를 냈다. 이미 죽었다는데, 이미 죽어서 없어졌는데 수사를 더 하면 뭐 해? 지유는 이미 죽어 버린 여자아이가 불쌍하고 또 불쌍했다. 지유가 방바닥에 덩그러니 누워 있는 고양이 인형을 집어 들었다. 고양이 인형을 가슴에 안자 온기가 느껴졌다. 행여라도 온기가 사라질까 봐 지유가 고양이 인형을 더 꽉 끌어안았다. 그렇게 한참을 지유는 멍하니 고양이 인형만 끌어안고 있었다.

# 위선

"엄마!"

문손잡이를 돌리려다 말고 선우가 엄마를 불렀다. 그러고
는 한참을 기다렸다. 엄마에게 다가가려면 시간이 필요했다.
어느 때는 아주 많이 기다려야 했다. 문 하나를 사이에 둔 채 엄
마와 선우는 아주 멀리 떨어져 있었다.

"응?"

들어오라는 소리 없이 엄마가 대답했다.

"나, 돈!"

"돈? 아!"

"백만 원 줘!"

"백만 원은 없는데….."

"그럼 얼마?"

"만 원?"

"뭐, 만 원? 치."

손잡이를 붙잡은 채 선우가 오른발로 왼발을 문질렀다. 시간을 벌 때마다 자연스레 하는 행동이었다.

"선우야, 싱크대 서랍에 엄마 지갑 있거든. 거기서 만 원 꺼내 가렴."

"그럼 2만 원 주면 안 돼? 학원 끝나고 게임방 가야 하거든. 만 원으론 어림도 없어."

"그래라, 그럼."

"앗싸, 2만 원!"

손잡이에서 손을 뗐지만, 선우는 한참 그대로 서 있었다. 방문턱에 묻어 있는 빨간 점들이 눈에 들어왔기 때문이었다. 오른발로 문질러 댔지만 그새 굳었는지 몇 번을 문질러도 새겨 넣은 것처럼 빨간 점은 벗겨지지 않았다. 방문턱을 내려다보던 선우가 빨간 점 위로 침을 틱 뱉었다. 발바닥으로 침을 뭉개 쓱쓱 닦기 시작했다. 흔적들이 사라져 없어질 때까지 선우는 방문턱을 계속 문지르고 문질렀다.

엄마 방문은 늘 닫혀 있었다. 문 앞에서 닫힌 문이 열리기를 기다리는 건 오래전부터 선우의 몫이었다. 언젠가는 기다리다 지쳐 엄마 방문 앞에 쓰러져 잠이 든 날도 있었다. 선우야, 선우야! 깨우는 소리에 어린 선우가 눈을 뜨자 엄마가 선우를 내려다보며 환하게 웃었다. 선우도 엄마를 따라 배시시 웃었다. 그런데 이상했다. 웃고 있는 엄마 눈에 눈물이 그득했다. 아, 웃으면서 울 수도 있구나. 아, 그래서였구나! 방 안에서 두 가지를 한 번에 하는 연습을 힘들게 하느라, 그 모습을 들키지 않으려고 방문을 잠그는구나. 어린 선우는 그날, 엄마의 닫힌 문을 그렇게 이해해 버렸다.

선우가 등을 웅숭그리고 제 방을 향해 걸어갔다. 고개를 처박고 걷느라 발걸음이 별나게 무거웠다.

"여보!"

방에 들어가 있던 선우는 현관문 열리는 소리를 미처 듣지 못했다. 느닷없는 아빠 목소리에 휴대전화를 보니 5시 20분. 계획대로라면 아빠가 들어오기 전에 튀어 나갈 생각이었는데 뒤통수를 얻어맞은 기분이 들었다. 곧 안방 문 열리는 소리가 들려왔다. 현관을 향해 다급히 걸어가는 발걸음 소리도 연이어 들려왔다.

"일찍 오셨네요."

"비가 올 것 같아요, 아침부터 하늘이 우중충하더니. 그런데 몸은 괜찮아요, 당신?"

"비 와요?"

"아니, 비가 올 것 같다고요. 당신도 참!"

몸은 괜찮냐고? 괜찮냐고! 갑자기 화가 치밀어 올라왔다.

선우는 방구석에 처박혀 있는 학원 가방을 급하게 둘러멨다. 더는 집에 있고 싶지 않았다.

"오셨어요?"

어딜 다시 나갈 사람처럼 아빠가 신발도 벗지 않은 채 현관에 그대로 서 있었다.

"학원 가는구나. 일찍 들어오니 아들 얼굴도 보고 좋네."

"미 투."

선우가 어깨를 으쓱거리며 씩 웃었다. 선우는 제 행동에 구역질이 나려고 했다.

"재활용 쓰레기 버릴 거 가져와요. 음식물 쓰레기도 같이 챙겨 주고. 일찍 들어온 김에 남편 노릇 좀 제대로 해야겠네요. 아빠랑 엘리베이터 같이 타고 가자, 선우야."

"괜찮은데…."

엄마가 말끝을 흐리며 쓰레기통 두 개를 챙겨 나왔다. 아빠 양복에 뭐라도 묻을까 싶어 쓰레기통을 건네는 엄마 손길이 조심스러웠다.

"가자, 아들."

아빠가 먼저 나섰다. 선우는 신발을 신으며 엄마 얼굴을 힐끗 올려다봤다. 파운데이션을 겹으로 펴 발랐는데도 눈두덩이 툭 튀어나와 있었다. 화장으로도 감출 수 없는 게 붓기였다. 게다가 엄마 얼굴 한쪽은 시퍼렇기까지 했다. 눈이 마주칠세라 선우는 엄마를 외면해 버렸다. 아빠는 벌써 엘리베이터 안에 들어가 있었다.

"오늘은 영어지?"

"예스!"

"다음 달 성적 기대해도 되지, 아들?"

"오, 노!"

띵, 1층에 도착하자마자 지옥을 탈출하는 속도로 선우가 엘리베이터를 빠져나갔다. 쏜살같은 하강 속도가 느닷없이 고마웠다. 엘리베이터에 머무는 시간이 더 길었다면 얼마 전 그랬던 것처럼 아빠는 선우 머리통에 손가락을 쑤셔 넣고 머리카락을 온통 흩뜨렸을 것이다. 자식, 많이 컸네, 호탕한 웃음도 터뜨렸을 것이다. 더는 아빠와 말을 섞고 싶지 않아 선우는 앞서서 걷기 시작했다.

"보기 좋구먼."

휙, 스쳐 지나가는데 공동 현관 게시판에 공문을 붙이고 있던 경비원 할아버지가 아는 척을 했다. 엉거주춤 선우가 멈춰 섰다. 아빠 양손에 들린 쓰레기통과 선우를 번갈아 보는 할아버지 표정이 흐뭇하기 그지없었다. 선우가 성의 없이 고개를 까닥이자 할아버지도 고개를 끄덕였다.

"별말씀을요. 집사람이 몸이 약한데 제가 도움을 못 줘서 늘 미안한걸요."

음식물 쓰레기통을 할아버지가 대신 들려고 손을 내밀자 아빠가 쓰레기통을 재빠르게 뒤로 감췄다.

"어르신, 제 일을 뺏으시면 안 됩니다. 이거라도 해야 남편 노릇을 하는 거니까요."

"비싼 옷에 냄새라도 밸까 그러지라. 이리 내시오."

선우는 한없이 부드럽고 친절한 아빠 모습에 기가 찼다. 이 따위 말도 안 되는 실랑이를 듣고 있는 제가 한심했다. 할아버지와 잠깐 눈이 마주쳤지만 아무것도 모르는 할아버지에게 제 심정을 들키고 싶진 않았다. 선우는 휙, 그냥 뒤돌아섰다. 그리고 공동 현관문을 향해 성큼성큼 걸어갔다. 현관 유리문을 열자 한 덩어리 바람이 훅, 다가왔다.

검은 하늘이 콘크리트 바닥까지 내려와 있었다. 선우는 하늘 색깔이 꼭 제 마음인 것만 같아 어쩐지 더 우울했다. 누가 쫓아오기라도 하는 것처럼 선우가 달리기 시작했다. 아파트 정문을 막 통과하자 기다리고 있었다는 듯 차가운 것이 선우 얼굴 위로 떨어졌다. 선우가 우뚝 멈춰 서 하늘을 올려다봤다. 후드득후드득, 거세진 비가 선우 눈, 코, 입, 볼 위로 쏟아져 내렸다. 그런데 시원했다. 선우는 제가 학원 반대 방향으로 가는 것도 모르고 무작정 걷기 시작했다.

흔한 일은 아니지만 가끔 있는 일이었다. 잠시 멈춰 있던 생각들은 학원 끝나고 집에 돌아갈 시간이 되면 어김없이 되살아

났다. 그런 날은 집에 들어가기가 죽기보다 싫었다. 차라리 조금 일찍 학원에서 빠져나와 쏘다닐 대로 쏘다니다 시간에 맞춰 들어가는 게 선우는 더 편했다.

선우 동네에는 주택이 많았다. 나지막한 오르막길에 선우가 사는 아파트만 달랑 두 단지 있고, 나머지는 거의 주택이었다. 몇 년 전부터 재개발을 알리는 현수막이 여기저기 나붙었지만, 현수막은 너덜너덜해지고 재개발은 까마득한 일이 되어가고 있었다.

고개를 푹 숙이고 걷던 선우가 고개를 치켜들었다. 가끔 찾는 막다른 골목 앞에 와 있었다. 있겠지? 분명 있을 거야! 선우가 가방을 벗어 지퍼를 열었다. 여러 개의 주머니 가운데 가장 안쪽, 눈썰미 없는 사람이라면 그냥 지나칠 만한 은밀한 곳에 지퍼 하나가 달려 있었다. 앗싸, 그럼 그렇지! 속주머니에서 담배를 꺼내 들었다. 담뱃갑 안에는 열다섯 개비의 담배와 라이터가 들어 있었다. 1년 전, 친구의 권유로 몇 번 피워 봤지만 아직은 좋아지지 않아 가물에 콩 나듯 정말 생각날 때만 한 대씩 피웠다. 선우는 제가 담배를 피운다는 사실조차 평상시엔 거의 잊고 살았다.

밖에서 볼 땐 골목 끝이 가까워 보이는데 사실은 꽤 깊었다. 막다른 지점까지 여러 채의 집이 있었지만 대부분 빈집이었다. 골목 맨 끝, 마주 보고 있는 집 두 채는 거의 폐허 수준이었다.

쓰레기 더미가 벽처럼 집 앞 가득 쌓여 있었다.

선우가 쓰레기 더미를 걷어찼다. 그리고 벽에 기대 담배에 불을 붙였다. 깊게 한 모금 빨아들이자 매캐한 연기가 목구멍 안으로 쑥 들어왔다. 캑캑, 마른기침을 몇 번 뱉어 내는 사이 담 뱃불이 손가락 근처까지 타들어 왔다. 선우는 담배 한 개비를 다시 꺼내 들었다. 비 때문이야, 이놈의 비! 더 많이 우울하고 더 많이 언짢았던 이유가 비 때문이라고 생각해 버리자 기분이 조금 나아졌다. 선우가 새 담배에 불을 붙이려 라이터에 손을 갖다 댔다. 그런데 그 순간이었다. 갑자기 뚜벅뚜벅, 소리가 들 려왔다. 선우는 저도 모르게 벽과 벽이 맞닿은 모서리에 몸을 밀착했다.

"어?"

골목 중간쯤에서 낯선 목소리가 들려오더니 다가오던 발걸 음 소리가 뚝, 멈췄다.

"막혔잖아."

낯선 목소리가 다시 속삭였다.

골목 입구, 가로등 불빛이 낯선 목소리를 희미하게 비춰 주 고 있었다. 선우가 자세히 보려고 미간을 있는 대로 찌푸렸다.

또래 여자아이였다. 단발머리 여자아이는 불면 날아갈 듯 빼빼했다. 긴장이라도 한 걸까. 좁은 어깨가 귀에 닿을 듯 봉긋 올라가 있었다. 선우는 벽 모서리에 몸을 더 구겨 넣었다. 들킬까 봐 선우는 숨도 쉬지 않았다.

"막다른 골목이네."

벽에 대고 말하는 것처럼 여자아이가 읊조렸다.

선우가 몸을 내밀었다. 선우는 여자아이 얼굴을 더 자세히 살펴보고 싶었다. 그런데 여자아이가 홱 돌아섰다. 선우를 보기라도 한 것일까? 여자아이가 다급히 걸어가기 시작했다. 선우는 훔쳐보려던 마음을 들킨 것만 같아 당황스러웠다. 한참을 그렇게 서 있는 새 비가 잦아들고 어둠은 더 깊어졌다. 집으로 돌아가야 할 시간이었다.

"학생!"

한달음에 골목을 빠져나온 선우가 아파트 경비실 앞을 막 지나가고 있을 때였다.

"학생!"

거듭 부르는 소리에 선우가 걸음을 멈추고 고개를 돌렸다. 경비 할아버지가 선우를 향해 걸어왔다.

"아버지가 두고 가셨구먼."

할아버지가 손에 들고 있던 것을 선우 앞에 내밀었다. 음식물 쓰레기통이었다.

"통이 두 개던데 하나를 두고 가셨당께."

"아, 우리 집 거 맞네요."

얼떨결에 쓰레기통을 건네받은 선우가 그냥 가려다 말고

고개를 까닥했다. 곧 선우가 다시 고개를 푹 숙였다.

"눈이 반짝반짝 이쁜데 왜 만날 고개를 숙이고 다니누?"

할아버지 중얼거리는 소리가 들려왔다.

눈이 예쁘다는 말은 난생처럼 듣는 칭찬이었다. 선우가 고개를 들어 할아버지를 힐끗 쳐다봤다. 할아버지가 선우를 보며 웃고 있었다. 멋쩍고 부끄러웠다. 빨개진 제 얼굴을 들킬까봐 선우가 서둘러 공동 현관문을 향해 걸어갔다. 엘리베이터가 11층에 멈춰 있었다.

# 진짜 고양이

"왜 이게 아직도 방에 있어? 이 더러운 걸 왜 책상 위에 뒀냐고?"

아차 싶었다. 조금 이따 치워야지 했는데 깜빡 잠이 들어 버렸다. 엄마가 고양이 인형을 집어 방바닥에 내동댕이쳤다. 지유가 무릎걸음으로 다가가 인형을 품에 안았다.

"당장 내다 버려!"

엄마가 버럭 소리를 질렀다.

"…."

"대답 안 해?"

"…."

"왜 아무 말이 없어?"

엄마가 다그쳤다. 빨리 말해야 한다는 걸 알면서도 입이 떨

어지질 않았다. 지유는 엄마가 원하는 대답을 해야 한다는 게
지금, 너무 싫었다.

"네."

"안 들려!"

"갖다 버릴게요."

지유 대답을 듣고서야 엄마가 방을 나갔다.

엄마는 지유에게도 버릴 수 없는 게 있다는 것을 인정하지
않았다. 엄마에겐 오직 엄마의 생각, 마음, 상황만 있을 뿐이었
다. 쉼터에서 챙겨 온 고양이 인형을 엄마에게 들킨 날, 불같이
화를 내는 엄마 앞에서 고양이 인형이 선유 거라는 말을 차마
할 수 없었다. 선유가 너무 불쌍해서 인형을 버릴 수 없다고 지
유는 감히 말할 수 없었다.

엄마에겐 지독히 싫어하는 것들이 있었다. 강아지나 고양
이 같은 동물들은 무조건 싫다고 했다. 또 엄마 말대로 하지 않
는 것을 극도로 싫어했다. 엄마가 입으라는 옷은 반드시 입어
야 했고, 엄마가 하라는 공부는 반드시 해야 했다. 엄마는 또
지유가 엄마 생각과 반대로 말하고 행동하는 것을 극도로 싫어
했다.

지유가 제법 말을 알아듣고 한두 마디씩 하기 시작할 때였
다. 지유, 누구 딸이지? 아빠 딸! 실수로라도 이렇게 대답하면
엄마는 온종일 똑같은 질문을 반복했다. 지유, 누구 딸? 아빠

진짜 고양이

딸! 수십 번을 틀리고서야 어린 지유는 제가 잘못 말하고 있다는 걸 깨달았다. 깨달은 후엔 엄마 딸이라고 어김없이 큰 소리로 대답했다. 큰 소리로 대답하는 지유를 향해 엄마가 두 팔을 활짝 벌렸다.

"내일 학교 갈 거야. 일찍 일어나야 하니까 빨리 자."

방 밖에서 엄마 목소리가 들려왔다.

일어난 지 고작 몇 시간밖에 안 됐는데 일찍 자라는 말이 가당키나 한가? 맥이 탁 풀렸다. 지유가 이불 깊숙한 곳에 고양이 인형을 밀어 넣으며 어디에라도 고양이를 감춰야 한다는 생각을 했다. 그런데 마땅한 장소가 떠오르지 않았다. 숨길 곳을 생각하고 있는데 일찍 자라는 엄마 말이 주문이라도 건 걸까, 눈꺼풀이 무거웠다. 지유는 앉은 채 꾸벅꾸벅 졸기 시작했다.


"애들은 당신이 키워."

"왜?"

"당신 거라고 만날 소리 질렀잖아. 당신 자식이니 당신이 키워."

"어떻게 그런 말을. 그게 아비가 할 말이야?"

"당신이 나한테 쏟아부은 말들을 생각해 봐. 그건 해도 되는 말이었니? 지긋지긋해. 이젠 그만 끝내고 싶다고!"

지유는 가방을 싸서 나가는 아빠를 붙잡을 수 없었다. 생각

같아선 나랑 선유도 데리고 나가 달라고 아빠 바짓가랑이라도 붙잡고 싶은데, 아빠가 들어주지 않을 것 같았다. 엄마와 싸우는 내내 아빠 표정이 그랬기 때문이었다. 진짜로 아빠는 지유와 선유에게 눈도 안 맞추고 그날 당장 나가 버렸다. 점점 멀어지는 아빠 발걸음 소리를 들으며 지유와 선유는 방에 처박혀 울기만 했다.

"언니, 아빠랑 살면 안 돼?"

"안 돼."

"그럼 다른 데 가서 살면 안 돼?"

"안 돼."

아빠가 나가고 난 한참 뒤, 선유에게 뭐라도 먹이고 싶었지만 방을 나갈 수 없었다. 와장창 물건 깨지는 소리와 입에 담지 못할 욕설이 지유 발목을 붙잡았기 때문이었다.

"무서워."

지유도 선유처럼 무서웠다. 지유도 엄마가 무서워 엄마와 살기 싫었다. 하지만 갈 데가 없었다.

물건 깨지고 부서지는 소리가 밤새 이어졌다. 다음 날 새벽, 눈을 떠 보니 선유가 방구석 한쪽에 쪼그린 채 잠들어 있었다. 지유는 눈물이 핑 돌았다.

베갯잇이 촉촉했다. 3년 전 그날이 오늘인 듯 너무 선명했다. 끊어질 듯 끊어지지 않고 있던 줄이 툭, 소리를 내며 끊어져 버린 그날. 사실 그날로부터 너무나 많은 것들이 변하기 시작했다.

"네 아빠가 돈을 주지 않으니 할 수 없어. 1년만 버텨. 데리러 올게."

아빠가 집을 나간 몇 달 뒤, 엄마를 따라 쉼터에 갔다.

"외국에 나갈 거야. 거긴 전화해도 받을 수 없어."

비행기 타고 돈 벌러 간다던 엄마는 1년이 지나도 오지 않았다. 지유는 더는 엄마를 기다리지 않게 되었고, 차라리 잘됐다고 생각했다. 그런데 선유는 달랐다. 어찌 된 일인지 시간이 지날수록 엄마를 더 찾아 댔다. 엄마랑 살기 싫다고 했잖아. 지유가 핀잔이라도 하면 선유는 입술을 삐쭉거리다 울어 버렸다.

"엄마한테 연락이 왔어. 곧 데리러 오신대. 고생이 많았나 보더라."

쉼터에서 생활한 지 2년이 되어 가고 있었다. 쉼터 엄마가 지유 손을 잡더니 살짝 들뜬 목소리로 느닷없는 말을 했다. 너무 화가 났다. 2년 내내 단 한 번도 찾아오지 않더니 이제야 데리러 온다고? 지유는 쉼터 엄마의 들뜬 목소리도 서럽고 서운했다. 그런데 다행인지 불행인지 엄마는 오지 않았다. 온다고 한 날도 오지 않았고, 다시 1년이 지나 3년이 다 되어 가는데도 전화 한 통, 편지 한 통 없었다. 지유는 차라리 안도했다. 선유를 생각해서라도 엄마가 없는 게, 오지 않는 게 백번 낫다는 생각이 들었다. 그런데 쉼터 생활 4년 차가 될 즈음이었다. 엄마가 나타났다.

"선유는?"

느닷없이 나타난 것도 어처구니가 없는데 아무 일 없었다는 듯 엄마가 물었다. 지유는 차마 대답을 못 했다. 손에 들린 고양이 인형이 무릎을 툭툭 건드리는데도 지유는 제가 떨고 있다는 사실조차 알지 못했다.


대문 열리는 소리가 들렸다. 이사 오고 나서 며칠 동안 엄마는 무언가를 신고하고 등록하는 일로 바빴다. 하루에 한 번씩, 20분은 걸어가야 하는 주민 센터에 일을 보러 다니기도 했다. 일자리도 구하러 다니는 눈치였다.

엄마가 밖에 나간 걸 확인하자 지유는 마음이 급해졌다. 엄마가 없을 때 감춰야 해. 하지만 책상과 옷장 하나만 있는 지유 방은 휑하다 못해 을씨년스러웠다. 아무리 생각해도 방 안에는 감출 데가 없었다.

고양이 인형을 안고 마당으로 나갔다. 비 온 뒤라 모든 것이 깨끗하고 말끔했다. 이름을 알 수 없는 나무 잎사귀 사이사이에서 연초록이 튀어나와 지유 온몸으로 달려들었다. 지유는 낡은 이 집이 좋았다. 번화가 원룸에 살 땐 엄마 때문에 숨이 막혀도 어디 나갈 데가 없었다. 원체 엄마가 싫어해서 나가지 못하는 것도 있지만 엄마 몰래 나간다 한들 어디라도 갈 데가 마땅찮았다. 늘 시끄럽고 왁자했던 그곳보다 비록 한 그루지만 나무 있는 이 집이 지유는 정말 좋았다.

지유가 마당을 한 바퀴 빙 둘러봤다. 대문 옆 작은 창고가 눈에 들어왔다. 하지만 그곳은 적당한 장소가 아니었다. 누구나 쉽게 생각할 수 있는 장소인 데다 불필요한 물건을 창고에 쌓아 두는 엄마라면 제일 먼저 창고를 뒤질 게 분명했다. 지유가 창고 뒤로 걸어갔다. 가로등이 비추는 앞마당보다는 뒷마당이 더 안전할 것 같았다. 뒷마당 모퉁이 구석, 뒤집힌 채 놓여 있는 빨간 플라스틱 대야가 보였다. 지유가 무심히 대야 곁으로 다가갔다. 그런데 바닥으로부터 반 뼘 정도 들떠 있는 대야가 들썩거렸다. 뭐지 싶어, 지유가 몸을 구부렸다. 그때였다. 휙, 대야 안에서 시꺼먼 게 갑자기 튀어나왔다.

"앗!"

고양이였다. 뒷걸음질을 하다 엉덩방아를 찧은 지유가 손 짚은 자세 그대로 담을 올려다봤다. 고양이가 담 위에서 지유를 내려다보고 있었다. 지유 얼굴 위로 미소가 피어올랐다. 지유는 저를 노려보고 있는 푸른빛을 띤 갈색 눈동자가 무척 마음에 들었다.

"너구나. 네가 그 안에 있는 줄 몰랐어."

아마도 보일러 통을 덮은 대야가 떨어져 갇힌 것 같았다. 보일러 통 옆엔 고양이가 먹다 남긴 음식 쓰레기도 있었다.

"선유 고양이랑 닮았네."

지유는 고양이가 반가웠다. 선유를 다시 만난 것처럼 반가웠고, 선유가 고양이를 보낸 것 같아 마음이 설레기까지 했다. 고양이가 놀랄세라 일부러 천천히 움직였는데도 지유가 일어서자마자 고양이가 담장 밑으로 뛰어 내려가 버렸다.

"미안해, 돌아와."

서운한 마음이 들어 지유가 외쳤다. 하지만 고양이는 돌아오지 않았다. 갑자기 오싹, 두려운 마음이 들었다. 당장 뭐라도 해야 할 것 같았다. 지유가 쏜살같이 제 방을 향해 달려 들어갔다.

"이거면 되겠지?"

방으로 들어간 지유가 책상 마지막 칸 서랍을 열었다. 낡은 노트를 꺼내 들키면 안 될 것처럼 조심조심 펼쳤다. 빳빳한 지폐 몇 장이 숨어 있었다. 얼마 되지 않지만, 그래도 꽤 오랫동안 모은 돈이었다.

엄마가 오기 전에 일을 끝내려면 서둘러야 했다. 우선 사료가 필요했다. 지유 집 냉장고엔 고양이에게 줄 변변한 음식이 없기도 하지만 음식에 함부로 손댔다간 엄마에게 들킬 수도 있었다. 사료는 골목 시장에 가면 살 수 있을 것이다. 집을 나서기 전, 지유는 고양이 인형을 보일러 통 옆 대야에 가져다 놓았다.

시장에 가려면 이 동네 유일하게 있는 아파트를 지나야 했다. 아파트 정문 앞을 막 지날 때였다. 고개를 숙인 남자아이가 아파트 정문을 나오고 있었다. 저도 모르게 지유가 멈춰 섰다. 아파트 앞을 쓸고 있던 할아버지가 남자아이에게 다가왔다.

"선우라고 했던가? 어찌 핵교를 안 갔실까?"

할아버지가 아는 척을 하는데도 선우라는 남자아이는 반응을 보이지 않았다.

"토요일도 아닌디…."

빗자루를 손에 쥔 할아버지가 다시 말을 걸자 그제야 선우가 고개를 들었다. 저 애! 지유가 두 사람을 향해 몸을 돌렸다. 어젯밤, 막다른 골목에서 본 남자아이였기 때문이었다. 할아버지가 얼굴을 빠히 들여다보자 선우가 얼굴을 일그러뜨렸다.

"개교기념일이에요."

"아, 그려. 핵교도 생일날은 쉬어야제. 뭐든 세상에 나올라믄 쎄빠지게 고생을 하니께 말이여, 껄껄껄."

픽, 웃음이 나왔다. 농담을 건네는 할아버지보다 뭐래, 하는 표정으로 시큰둥하게 서 있는 선우가 더 우스웠다. 어젯밤에 담배를 꼬나물고 있던 모습도 슬쩍 떠올랐다. 지유는 또 픽 웃었다.

"가까이서 보니 눈이 부리부리 시원하고 이뻐네. 어째 이런 이쁜 눈을 갖고 만날 땅만 보고 다니까? 내 눈 봐라, 내 같음 고개를 빳빳이 처들고 다니겠구먼."

계속 서 있을 수가 없어 굼뜨게 걸어가는데 등 뒤로 할아버지 목소리가 다시 들려왔다. 선우는 아무 대꾸도 하지 않았다.

눈? 할아버지 말에 지유는 마음이 설렜다. 아까 좀 더 자세히 볼걸 싶기도 했다. 스쳐 지나가듯 다시 만나고 싶다는 생각이 들자 심장이 쿵쿵 뛰기 시작했다. 지유는 생뚱맞은 제 생각이 부끄러워 빨리 걷기 시작했다. 저만치 앞에 골목 시장이 보였다.

# 멍

아빠 가운뎃손가락이 소파 등받이를 닦듯 지나갔다. 소파 옆 안마 의자 손잡이며 몸체도 아빠가 손가락으로 꼼꼼히 닦아 냈다. 쓰읍, 숨을 깊게 들이마신 아빠 왼쪽 입꼬리가 쓱 올라갔다. 흥, 아빠 콧구멍으로 숨이 빠져나왔다.

현관으로 걸어가던 선우가 엄마를 힐끗 훔쳐봤다. 거실을 등진 채 싱크대에서 그릇을 만지작거리고 있는 엄마 뒷모습이 철판처럼 딱딱했다.

"학교 다녀오겠습니다."

일부러 목소리를 돋우었다. 엄마가 뒤돌아섰다. 쭈글쭈글 늘어진 셔츠, 목 언저리로 멍이 드러나 보였다. 손자국 모양으로 시퍼렇게 돋아난 멍 자국을 차마 더는 볼 수 없어 선우는 고개를 돌렸다.

"베란다 문을 열어 놨더니…."

엄마 시선이 둘 사이에 어정쩡하게 서 있는 선우를 비껴가더니 책장 위 먼지를 확인하고 있는 아빠에게로 향했다. 아빠가 손가락에 묻은 먼지를 후 불어 날렸다. 아빠 얼굴이 종이 구겨지듯 일그러져 있었다.

"다녀오겠습니다."

노래를 부르듯 선우가 다시 경쾌한 목소리로 인사했다. 그제야 아빠가 몸을 돌려 선우를 바라봤다.

"오늘은 일찍 나가는구나."

"당번이에요. 담임이 완전 까칠 대마왕이거든요. 교실이 먼지 구덩이라며 당번들을 얼마나 구박하는지…."

"말이 거치네, 선우."

지적하면서도 아빠가 선우를 보며 싱긋 웃었다. 선우가 과장되게 어깨를 으쓱거렸다.

"쓸데없이 청소하는 데 청춘을 바치고 싶지 않다고요."

선우가 한마디 보탰다.

"깨끗한 환경에서 공부하면 너희가 좋지. 뭐든지 긍정적으로 생각하자, 선우."

아빠가 몸을 돌려 책장 위를 한 번 더 쓱 닦아 냈다. 벽처럼 서 있는 엄마 얼굴에선 금방이라도 물이 주르륵 떨어질 것 같았다. 선우는 가슴이 터질 것만 같았다.

"나도 이제 출근해야겠다. 아 참! 잊지 않았지, 오늘?"

"오늘 뭐?"

"할아버지 오시잖아."

금세 아빠 목소리가 착 가라앉았다.

"당근 알고 있죠. 잊어버렸다간 큰일 나게요."

"오늘은 학원 가지 말고 곧장 집으로 와. 식사 시간에 늦으면 절대, 안 된다."

'절대'라는 단어에 힘을 주자 부드러운 목소리도 날카롭게 느껴졌다. 거스르면 가만있지 않겠다는 압박이 느껴졌다.

"넵!"

신발장을 열어 신발을 꺼내 신고 꽉 매인 운동화 끈을 풀어 다시 묶었다. 저벅저벅, 엄마를 향해 걸어가는 아빠 발걸음 소리가 들려왔기 때문이었다. 뒷골이 싸늘했다. 없는 핑계라도 만들어서 거실로 다시 들어가야겠다는 생각이 들었다.

"어서 가라, 선우."

신발 끈 매던 자세에서 엉거주춤 일어서고 있는데 선우 마음을 눈치라도 챈 듯 아빠가 말했다. 아빠가 먼저 안방으로 들어가고 엄마가 고개를 숙인 채 곧, 따라 들어갔다.

"씨발!"

반쯤 벗은 신발 뒤축을 그대로 구겨 신은 채 현관문을 열었다. 꽝! 선우 악력에 현관문이 떨어져 나갈 것처럼 흔들거렸다.

학교에 도착했다. 교실 문을 열고 들어가자 한 무더기 녀석들이 보였다. 선우는 가방을 던져 두고 모여 있는 아이들 곁으로 다가갔다. 스마트폰을 가운데 두고 네 녀석이 머리를 맞대고 있었다.

"야, 좋은 거냐?"

선우가 한 녀석 어깨를 밀치며 끼어들었다.

"뭔 소리래? 영감님이 오늘 왜 이러실까?"

"시끄럽고, 형님이 만날 이러는 거 아니다. 좋은 거 있으면 같이 보자."

선우가 빼앗으려 하자 휴대폰을 들고 있던 녀석이 등 뒤로 휴대폰을 감췄다.

"뭐여?"

녀석이 선우를 보며 눈을 흘겼다.

"뭐긴 뭐여, 동지지."

"동지 같은 소리 하네."

녀석이 선우 머리통을 쥐고 흔들었다. 말투는 거칠어도 표정은 밝았다. 선우가 녀석과 어깨동무하자 스마트폰을 사이에 두고 머리통 다섯 개가 정수리를 맞댔다. 히히, 낄낄, 이야, 끼악. 머리통 다섯 개 사이에서 기상천외한 웃음소리가 막 터져 나왔다.

선우는 시시껄렁한 아이들과도 가끔 어울렸다. 녀석들도

명

이물질처럼 느껴지는 선우를 밀쳐 내지 않았다. 선우가 녀석들과 어울리는 데는 이유가 있었다. 녀석들과 어울릴 땐 골치 아픈 일들이 생각나지 않았다. 골치 아픈 일들이 생각날 때도 녀석들과 어울려 한바탕 욕을 지껄여 대면 거짓말처럼 마음이 가벼워지곤 했다.

"야, 동지?"

"뭐, 동지?"

1교시가 시작되려면 30분쯤 남았다. 한 시간 일찍 등교해 책 읽기 같은 자율 활동을 해야 하지만, 책을 읽는 아이들은 거의 없었다. 오늘따라 담임이 나타나지 않자 아이들 대부분이 책상에 엎드려 잠을 잤다. 시시덕거리다가 자기 자리로 돌아가는 선우에게 한 녀석이 따라붙었다. 녀석이 선우 볼에 제 얼굴을 맞댔다.

"한 대 빨고 오자."

"싫다. 너 나 실컷 빨아."

담배를 좋아하지도 않지만, 오늘은 녀석들과 그만 어울리고 싶었다. 안방으로 들어가던 아빠 엄마 뒷모습과 일찍 집에 오라던 아빠 목소리가 자꾸 생각나 낄낄거리는 것조차 지치는 기분이 들었다.

"형님 범생인 거 알지? 자꾸 유혹하지 마라. 나는 나의 길을 가련다."

선우가 껄렁대자 녀석이 선우 뒤통수를 한 대 후려쳤다. 선우는 녀석을 보며 히죽 웃고 말았다.

"선우 너, 형님 말 안 들으면 재미없다!"

"봐주라. 나 오늘 당번이어서 화초에 물도 줘야 하고 할 일 많거든."

달라붙는 녀석을 떼 내려고 교실 뒤로 걸어가 작은 화분 하나를 손에 쥐었다. 화분을 든 선우가 여태 꼬나보고 있는 녀석에게 윙크를 날리자 입술을 실룩거리고 있던 녀석도 선우에게 윙크했다.

복도로 나온 선우가 식수대를 지나고 화장실도 지나쳤다. 물 냄새를 맡았는지 식수대를 지나칠 땐 화분이 크게 한 번 요동을 쳐 댔다. 화분이 제 손에서 떨어지든 말든 선우는 복도 끝을 향해 계속 걸어갔다. 화분에 물 주는 일 따위나 하려고 도망쳐 나온 게 아니었기 때문이었다. 복도 끝까지 걸어간 선우가 맨 마지막 교실 앞에 멈춰 섰다. 문패조차 달리지 않은 교실이었다.

교실로 들어간 선우가 한참 그대로 서 있었다. 암막 커튼 때문에 앞도 뒤도 보이지 않았다. 점차 시야가 밝아지더니 교실을 가득 채우고 있는 잡다한 물건, 이를테면 운동회 물품이며 수업 자료 패널, 고장 난 텔레비전이 하나씩 눈에 들어오기 시작했다. 저벅저벅, 선우가 교실 뒤 의자와 책상 무더기를 향해 걸어갔다.

선우가 책상 끝에 쭈그려 앉았다. 그러더니 벽에 붙어 있는 무더기 쪽으로 갑자기 고개를 쑥 집어넣었다. 곧 선우 머리통이 사라지고 몸통도 사라졌다. 거짓말처럼 선우가 무더기에 파묻혔다.

사실 선우는 재활용 물품을 모아 두는 이 공간을 제 아지트로 쓰고 있었다. 층마다 있는 재활용 교실에 책상과 의자로 작은 공간을 만들어 놓고, 하루에 두 번은 꼭 들렀는데 점심을 먹고 나서는 반드시 들렀다. 또 골머리가 아플 때나 지금처럼 잠깐이라도 혼자 있고 싶을 때면 이곳을 찾았다. 책상과 의자가 기둥과 지붕 역할을 단단히 해 아지트는 무너질 위험이 없어 보였다. 올 때마다 구석구석 살펴봐서인지 아지트는 시간이 지날수록 더 튼튼해졌다. 개구멍 같은 이 공간에서 선우는 휴대폰으로 영상을 보거나 스마트폰 손전등을 켜 책도 봤다. 그중 멍하니 앉아 있는 시간이 가장 많았다.

휴대전화 잠금을 해제했다. 불빛이 벽에 부딪혀 넓게 퍼져 나갔다. SNS에 올라온 게시물을 훑어보며 화면을 쭉쭉 올리는데 익숙한 얼굴이 눈에 들어왔다. 활짝 웃고 있는 엄마와 아빠 사진이었다. 언제 찍었을까? 엄마 어깨에 손을 올리고 서 있는 아빠 모습이 편안하고 자연스러워 보였다. 사진 밑엔 '좋아요'가 330개나 되고, '행복'이라는 해시태그까지 붙어 있었다. 보기 좋아요, 부러워요, 멋진 남편, 아들이랑 찍은 사진도 보여 줘요 따위의 댓글도 달려 있었다. 못 볼 것을 본 사람처럼 선우는 휴대전화를 꺼 버렸다. 정말 거지 같아! 휴대전화를 쥐고 있는 손에 저절로 힘이 들어갔다. 팔목에 있는 핏줄이 툭툭 올라올 정도로 저도 모르게 힘이 들어갔다. 선우는 울고만 싶었다.

다행이었다. 수업 시작을 알리는 종이 울렸다. 선우가 고개를 흔들어 삐져나오려던 눈물을 밀어 넣었다. 아지트를 벗어나 복도로 나갔다. 히득거리며 장난치던 아이들이 계단을 올라오는 선생님들을 발견하고 후다닥 교실로 뛰어 들어갔다. 선우도 교실 뒷문으로 들어갔다. 선우가 자리에 앉자마자 앞문이 열리더니 담임이 들어왔다.

"조용, 조용!"

담임이 지휘봉으로 교탁을 치더니 교실을 둘러봤다.

"다들 영혼의 양식은 잘 잡쉈겠지?"

교탁 위 출석부를 내려다보며 영혼이 하나도 없는 사람처럼 담임이 말했다.

"네!"

"잘 잡쉈죠."

"아직 배고파요."

아이들이 낄낄거리며 가지각색으로 대답했고 선우는 책상 위에 덩그러니 놓인 책만 만지작거렸다. SNS에 올라온 사진과 엄마 목 언저리 멍만 계속 떠올랐다. 선우는 제가 만지작거리고 있는 책을 그저 매섭게 노려보고만 있었다.

"들어와라."

담임이 복도를 향해 고함치듯 말했다.

시시덕거리고 있던 아이들이 호기심 어린 시선으로 일제히 복도를 바라봤다.

앞문을 열고 들어온 전학생은 여자아이였다. 눈만 있다고 해도 될 만큼 작은 얼굴에 박힌 두 눈이 별나게 컸다. 키가 작고 빼빼해서 눈이 더 커 보였는데 백지장같이 하얀 얼굴 때문인지 까만 눈동자가 더 새까매 보였다.

"잘 적응할 수 있도록 너희가 도와줘라, 알겠지? 자, 김지유. 친구들에게 인사해야지."

"나, 나는 김… 지… 유야."

들릴 듯 말 듯 낮은 목소리였다.

"그래서 어쩐다고?"

당장 선우 뒷자리 녀석이 선우 귀에 대고 비아냥거렸다. 지유는 저를 쳐다보는 시선이 부담스러운지 고개를 숙여 버렸다. 커튼처럼 내려온 머리카락이 지유 얼굴을 덮었다.

"선우 앞자리가 비었네?"

담임 목소리에 선우가 주위를 둘러봤다. 정말 빈자리라곤 제 앞자리밖에 없었다. 지정 좌석이 아니라서 자기가 앉고 싶은 자리에 앉는데, 어젠 채워져 있던 자리가 하필 오늘은 비어 있었다. 낯선 아이가, 그것도 여자아이가 제 앞에 앉는 게 탐탁지 않았지만 어쩔 수 없었다.

주위를 둘러보던 선우가 앞을 바라봤다. 고개 숙이고 있던 지유도 바로 그 순간, 고개를 들었다. 지유와 선우의 시선이 우연처럼 공중에서 부딪쳤는데 지유 얼굴이 대번에 밝아졌다. 지유가 선우를 보며 환하게 웃고 있었다. 지유는 당장이라도 손을 흔들어 댈 표정을 하고 있었다.

"야!"

선우 뒷자리 녀석이 선우 등을 꾹 눌렀다.

"쟤 뭐냐? 너한테 꼬리 친다."

"닥쳐."

선우가 고개를 살짝 돌려 읊조렸다.

지유가 선우를 향해, 아니 빈자리를 향해 걸어오기 시작했다. 지유 등에 매달린 낡은 가방이 방정맞게 달랑거렸다.

지유는 키도 작은데 앉은키는 더 작았다. 선우 앞자리에 앉자 지유가 앉은 자리만 옴팍 들어가 보였다. 그런데 이상했다. 자연스레 지유 머리통이 눈에 들어왔는데 뒤통수가 휑했다. 머리카락으로 가려지긴 했어도 지유 뒤통수 한가운데가 달걀 하나만큼 비어 있었다. 순간, 선우는 지유 머리카락을 쓸어 모아 비어 있는 뒤통수를 완전히 가려 주고 싶은 충동을 느꼈다.

전학생 때문일까? 어수선한 분위기 속에서 2교시까지 끝났다.

"야?"

쉬는 시간이었다. 속삭이는 목소리에 책상에 엎드려 있던 선우가 눈만 치켜 떠 앞을 바라봤다. 의자를 비스듬히 돌려 앉은 지유가 선우를 빤히 내려다보고 있었다. 선우를 바라보는 지유 얼굴에 붉은 기가 살짝 돌았다.

"너, 선우지?"

잘 알고 있다는 듯 지유가 물었다.

"…."

뭐라고 대답해야 할지 선우는 난감했다.

"학교에서는 고개 안 숙이고 다녀? 큭."

무슨 말을 하는 거야? 선우는 저를 보고 있는 아이가 미친 아이처럼 여겨졌다. 웃음을 참지 못하겠다는 듯 지유가 속웃음까지 지어 보이자 정말 미친 거 아닌가, 살짝 불안하기까지 했다. 선우가 고개를 다시 책상에 처박았다.

"나 너 알아."

다시 속삭이는 목소리가 들려왔다.

나를 안다고? 선우가 고개를 살짝만 치켜들고 다시 지유를 올려다보고 있는데 등 뒤에서 의자 삐걱거리는 소리가 들려왔다. 선우 뒷자리 녀석이 엉거주춤, 엉덩이를 들고 일어나 선우

쪽으로 몸을 길게 빼내고 있었다. 선우가 저도 모르게 미간을 찌푸렸다.

"네가 안다고, 선우를?"

녀석이 능글맞은 목소리로 묻더니 이번엔 선우 뒤통수를 한 대 후려쳤다. 느닷없이 끼어든 녀석 때문에 겁이라도 먹은 걸까? 지유가 당장 뒤돌아 앉아 버렸다. 녀석은 계속 히득거리며 선우 등을 꾹꾹, 찔러 댔다. 가만있으면 교실 앞으로 달려 나가 광고라도 할 태세였다. 그 꼴을 두고 볼 순 없었다. 선우가 몸을 돌려 녀석에게 종주먹을 들이댔고 그와 동시에 3교시 시작종이 울렸다. 다행이었다. 드르륵, 수학 선생님이 앞문을 열고 들어왔다.

"지난 시간에 내준 과제 있지? 다들 책상 위에 올려놔."

다짜고짜 과제 점검을 하겠다는 말에 아이들이 수런대기 시작했다.

"과제가 너무 많아요."

"다음 시간까지 해 오면 안 돼요? 오늘 검사한다는 말은 안 했잖아요."

"너무해요, 샘."

투덜거리는 아이들을 보며 수학 선생님이 픽, 웃었다.

"너무한 건 너희인 것 같은데. 과제가 뭐 연구 논문이라도 되냐? 과제 내라고 할 때마다 한 번을 재깍재깍 내는 법이 없잖

멍

아, 너희도."

그만하라는 듯 선생님이 지휘봉으로 교탁을 탁탁 쳤다. 선우는 가방에서 수학 노트를 꺼내 놓고 무심히 앞을 바라봤다.

"아!"

선우가 저도 몰래 탄식을 뱉어 냈다. 지유 목덜미에 있는 커다란 점 때문이었다. 아니 그건 절대 점이 아니었다. 점점 옅어지고 지워지며 넓게 퍼져 나가고 있는 푸르스름한 흔적은 선우가 내내 보고 자란 아프디아픈 꽃이었다.

선우는 하마터면 지유 목덜미에 손을 갖다 댈 뻔했다. 이 아이는 누굴까? 도대체 이 아이에겐 무슨 일이 있는 걸까? 느닷없이 솟아난 궁금증과 함께 밑도 끝도 없이 엄마 얼굴이 떠올랐다.

# 미움

"지유 너, 알지? 알지?"

엄마가 소주를 들이켜다 말고 지유를 노려봤다. 오늘 저녁, 벌써 세 병째였다.

"난 어디 나가 있으면 불안해. 네가 도망갈까 봐 아무것도 할 수가 없다고!"

고함이 잦아들더니 엄마가 고개를 숙였다. 흐느끼는지 어깨를 들썩이며 엄마는 한참 그렇게 앉아 있었다. 거실 구석에 우두커니 앉은 지유가 두 팔로 제 무릎을 감싸 안았다. 지유는 제 몸이 작아지고 작아져 이대로 없어지면 좋겠다 싶었다. 지유가 무릎 사이에 얼굴을 파묻었다.

"네가 나를 버릴까 봐 무서워. 내 아버지도 날 버렸고, 네 아빠도 날 버렸고, 선유마저 날 버렸잖아. 이제 남은 건 너 하나뿐

이야. 넌 날 버리지 않을 거지?"

엄마가 고개를 들어 지유를 바라봤다. 무릎 사이에 얼굴을 묻고 있던 지유는 엄마가 저를 쳐다보리라곤 미처 생각하지 못했다. 지유는 무릎을 감싸 안고 있던 손을 올려 엄지손톱을 자근자근 물어뜯었다.

"야!"

벼락같은 소리에 지유가 손톱을 물어뜯다 말고 고개를 번쩍 들었다. 눈물 자국이 번져 있는 엄마 얼굴이 지유를 노려보고 있었다.

"너, 나 무시하지? 네 아빠가 그랬던 것처럼 날 개무시하지?"

엄마가 무릎걸음으로 지유에게 다가오기 시작했다. 지유는 고개를 흔들었다. 가까이 다가오는 엄마를 보며 더 세차게 고개를 흔들어 댔다. 아니에요. 아니에요, 엄마. 지유는 사실 이렇게 말도 하고 싶었다. 하지만 입술만 달싹거릴 뿐 목소리는 나오지 않았다. 지유는 엄마가 다가오는 속도로 엉덩이를 뒤로 밀어 물러났다. 이제 더는 숨겨 줄 수 없다는 듯 벽이 지유를 강하게 밀어냈다. 지유는 눈을 꽉 감아 버렸다.


"지유야, 네가 참아야지. 엄마가 얼마나 힘이 드는지 너도 이젠 알 나이잖아."

엄마에게 처음 맞았던 날, 도망쳐 나온 지유를 보고 쉼터 엄마가 말했다. 쉼터 엄마 손이 너무 따뜻해서 지유는 쉼터 엄마가 저한테 무슨 말을 하는 건지 알아차리지 못했다. 그저 쉼터 엄마의 따뜻한 손만 꽉 부여잡고 있었다.

"돌아가. 엄마가 얼마나 걱정하고 계시겠니?"

쉼터 엄마가 붙잡고 있던 지유 손을 놓고 등을 두드렸다. 그제야 지유 가슴이 쿵쿵 울려 대기 시작했다. 엄마한테 돌아가라고? 지금 나한테 무슨 말을 하는 거야? 지유는 잘못 들었다고 생각했다. 간절한 마음으로 지유가 쉼터 엄마 얼굴을 들여다보자 쉼터 엄마가 지유 얼굴을 쓰다듬었다. 지유 얼굴을 매만지는 쉼터 엄마 손이 어느새 차가워져 있었다.

"여기 다시 오면 안 돼. 한 번 오면 두 번 오게 되고, 두 번 오면 세 번 오게 돼. 그러면 엄마랑 못 살아."

엄마랑 살고 싶지 않다는 말을 왜 하지 못했을까? 쉼터에서 다시 살게 해 달라고, 왜 매달리지 못했을까? 그날, 지유는 쉼터 엄마 연락을 받은 엄마가 저를 데리러 올 때까지 사무실 딱딱한 의자에 앉아 손톱만 물어뜯고 있었다. 쉼터 엄마가 데워 다 준 우유엔 입도 대지 않았다.


"대답하라고 했잖아. 귀에 들리도록 큰 소리로 대답하라고 내가 몇 번을 말했어?"

코앞까지 엄마가 다가와 있었다. 하지만 지유는 대답할 수 없었다. 엄마 악다구니가 몸 구석구석을 채워 아무 소리도 낼 수 없었다. 아니, 지유 몸 안 어디에도 소리가 남아 있질 않았다. 텅 빈 몸뚱이와 눈동자, 그저 텅 빈 기분이었다. 지유는 온몸의 진이 다 빠져 버틸 힘이 없었다. 지유와 눈이 마주친 엄마가 손을 높이 치켜들었다.

"나쁜 년."

짝, 소리와 함께 지유 뺨이 엄마가 휘두른 손을 따라 갈라졌다. 차갑디차가운 얼음을 볼에 갖다 댄 기분이었다. 픽, 지유가 앉은 자세 그대로 거실 바닥에 쓰러졌다. 엄마 손자국이 불에 덴 것처럼 지유 볼 위로 빨갛게 돋아났다.

"잘못했어요."

지유가 쓰러진 채 겨우 한마디 했다. 쓰러져 있는 지유를 내려다보는 엄마 눈에서 불이 뿜어져 나왔다. 지유는 몸을 더 작게 웅숭그렸다.

"그러니까, 그러니까 내가…."

제풀에 지쳤는지 아니면 홧김에 술이 올라오는지 엄마가 비틀거리며 물러났다. 얼마 남지 않은 소주를 입에 털어 넣은 엄마가 술병을 내려놓았다. 균형을 잡지 못한 술병이 쓰러졌다. 술병을 따라 엄마도 쓰러졌다.

"말했잖아, 도망가지 말라고."

쓰러진 엄마가 중얼거리며 눈을 감았다.

한참 아무 소리가 들리지 않자 지유가 일어나 앉았다. 옆으로 누운 엄마 얼굴이 지유를 바라보고 있었다. 엄마, 괜찮아요? 지유는 불안했다. 다가가 숨을 쉬고 있는지 살펴봐야겠다고 생각했지만 도통 몸이 말을 듣지 않았다. 얼마를 기다렸을까. 엄마 입에서 푸, 긴 숨이 터져 나오자 비로소 지유는 안심했다. 엄마가 숨을 쉴 때마다 입술 위로 하얀 침이 몽글몽글 흘러나와 번지고 있었다. 무릎걸음으로 다가간 지유가 엄마 입술에 묻은 침을 조심조심 닦아 냈다. 그리고 엄마 옆에 나뒹굴고 있는 소주병을 치웠다. 엄마에게 덮어 줄 이불을 안방에서 가지고 나오면서 지유는 이불을 빨아야겠다고 생각했다. 이불에서 썩은 냄새가 났다.

엄마가 깰까 무서워 행동이 조심스러웠지만 그래도 잠시 잠깐 숨이라도 쉬고 싶었다. 힐끗힐끗 엄마를 돌아보며 지유가 현관문을 열고 나갔다. 마당 가득 어둠이 내려앉아 있었다.

"잘 있었어?"

그동안 친해진 고양이는 지유를 보고도 도망가지 않았다. 끼니를 챙겨 주는 게 고마운지 지유가 다가가면 지유 팔다리에 몸을 비벼 댔다. 지유가 제 옆에 양반다리라도 하고 앉으면 다리 안으로 기어 올라와 동그랗게 몸을 말고 잠을 잤다. 지유는 고양이 새까만 털을 쓰다듬고 또 쓰다듬었다.

"네가 있어 좋다."

고양이가 갸르릉 소리를 내며 지유 손에 얼굴을 비벼 댔다. 밤하늘이 점점 더 어두워지고 있었다.

"너만큼 그 애랑도 친해지고 싶어."

제대로 말 한마디 주고받지 못했지만, 선우를 생각하면 위로 받는 기분이 들었다. 선우는 웃고 있어도 웃는 것 같지 않았다. 지유는 선우 웃음 너머 어둠이 저랑 비슷하단 생각이 들었다. 동생 선유와 이름이 비슷해서 더 그런 생각이 드는 것 같았다.

이튿날, 지유는 평소보다 일찍 학교에 갔다. 일자리 구하기가 힘이 드는지 엄마는 요즘 매사에 예민했고 지유는 집에 있는 것보다 학교에 있는 게 오히려 마음이 편했다. 선우가 있어서일까, 전학 온 지 얼마 되지 않았지만 학교가 그리 낯설지도 않았다.

"가자, 동지!"

4교시가 끝났다. 선우 뒷자리 녀석이 벌떡 일어나더니 선우 책상에 엉덩이를 걸치고 앉았다.

"다이어트 중이라…."

"엥?"

"조금만 먹어야겠다고."

선우가 녀석과 히득거리며 교실을 빠져나갔다. 녀석과 한 패인 아이들이 선우 옆에 하나둘 따라붙었다. 지유는 선우 패거리와 멀찍이 떨어져 선우 뒤통수만 보고 걸었다. 패거리 가운데 한두 명이 이따금 뒤를 돌아보며 낄낄거렸고 그때마다 지유는 아무것도 못 본 척, 시선을 피했다.

지유는 혼자 밥을 먹었다. 지유에게 같이 밥 먹자고 다가오는 아이도 없었고, 지유 또한 같이 먹자고 다가갈 생각이 없었다. 엄마와 사는 동안 혼자 먹고 혼자 노는 데 익숙해져 사실 지유는 누가 옆에 있는 게 오히려 불편하기까지 했다. 습관처럼 선우를 힐끗거리느라 지유는 도무지 맛에 집중할 수가 없었다. 지유 젓가락이 어묵을 들다가 놓쳤다. 아까운 걸 그냥 버릴 순 없었다. 탁자에 떨어진 어묵을 지유가 얼른 집어 먹었다. 어묵에 밴 간장 양념이 제법 짭짤했다.

"왕눈이, 너 거지냐?"

"놔둬, 땅에 떨어진 것도 주워 먹겠는데 뭐. 그래도 왕눈이 절약 정신은 모두 본받아야겠다. 그렇지, 애들아?"

언제 가까이 온 걸까? 선우 패거리 가운데 두 명이 지유 곁에서 비아냥거렸다. 어묵이 목구멍에 탁 걸린 기분이었다. 지유가 입을 손으로 막은 채 고개를 처박았다.

"그건 그거고. 왕눈아, 너 선우한테 제대로 꽂혔나 보다? 왜 자꾸 쳐다보고 그래?"

"너, 나도 가끔씩 쳐다보는 것 같은데 너 때문에 신경 쓰여 못 살겠다. 너 혹시 선우 말고 날 좋아하는 건 아니지?"

"너? 웃기지 마라. 아무리 왕눈이라도 그건 아니다. 널 좋아할 애를 찾으려면 지구 밖으로 나가야지."

지유는 들은 척도 않고 밥만 먹었다. 밥알을 세기라도 하는 것처럼 젓가락으로 한 알, 두 알 집어 입에 콕콕 쑤셔 넣었다. 지유는 밥알이 없어지기 전, 이 시시껄렁한 아이들이 부디 꺼져 주기만을 바라고 바랐다.

"근데 왕눈아, 선우 쟤 은근히 눈 높다. 선우랑 사귀려면 조건을 갖춰야 하거든."

또 무슨 헛소린가, 싶은데도 녀석이 지껄이는 말에 괜히 신경이 쓰였다. 지유는 귀를 열어 두고 밥알을 꼭꼭 씹어 댔다.

"우선 공부를 좀 해야 해. 쟤 아버지가 교육열 쩌는 분이거든. 며느릿감이 공부 못한다면 단칼에 아웃!"

뭐가 그리 웃기는지 녀석이 제가 말하고 제가 막 웃어 댔다.

"아, 그리고 너… 몰골이 말이 아니다. 선우 쟤 얼굴 반반하고 옷도 잘 입는 애 좋아하거든."

이번엔 둘이 한꺼번에 더 크게 웃어 댔다. 주위에 있는 아이들이 하나둘 지유를 쳐다보기 시작했다. 지유는 운동장 한가운데 발가벗고 있는 기분이 들었다.

"마지막으로, 너 담배는 피울 줄 알지? 쟤 센 척하느라 못 피우는 담배도 가끔 한 대씩 뻐끔거리거든. 그러니 여친 되고 싶으면 담배도 당근 피울 줄 알아야 한단 말이지."

지유가 대꾸하지 않자 녀석들이 계속 북 치고 장구도 쳐 댔다. 문득 막다른 골목에서 혼자 담배를 피우던 선우가 생각났다. 녀석들이 선우를 몰라도 한참 모른다는 생각이 들었다.

힐끗, 눈만 들어 바라보니 선우가 식판을 들고 잔반 처리대로 걸어가고 있었다. 패거리 가운데 선우에게 붙어 있는 녀석들은 지유를 구경하느라 발걸음이 늦었다. 잔반을 처리한 선우가 앞장서 걸어가 버리자 녀석 중 한 명이 지유 곁에 있는 두 녀석에게 손짓해 댔다. 지유가 다시 고개를 처박았다. 밥이 아직도 반이나 남아 있었다.

"뭐 또 조언이 필요하면 언제든 이 오라버니를 찾아오너라. 내 힘껏 도와주마."

"쳐다보지만 말고 들이대. 들이대면 쟁취하리니. 왕눈이, 파이팅!"

녀석들 말하는 본새를 보니 계속 귀찮게 할 모양이었다. 지유는 난감했다. 이런 녀석들을 처음 겪는 건 아니다. 하지만 이런 상황이 거듭되면 난파된 배처럼 매번 기분이 가라앉았다. 지유는 구덩이로, 물 밑으로, 땅속으로 한없이 끌려가는 이런 기분이 싫었다. 문득, 선우도 그럴까? 녀석들처럼 저를 조롱하고 놀리고 싶은 건 아닐까, 궁금했다. 한번 그런 생각을 하자 궁금증은 이내 곧 확신이 되어 버렸다. 지유가 애써 말을 걸어도 선우는 여태 대답 한마디 하지 않고 아는 척도 하지 않았다. 괜찮아, 뭐, 어때? 나는 늘 혼자였잖아. 지유는 선우 패거리 때문에라도 더는 선우에게 관심을 두지 말아야겠다고 생각했다. 녀석들처럼 선우까지 저를 막 대하면 그땐 더 견디기 힘들 것 같았다. 내 주제에 친구는 무슨! 젓가락을 내려놓은 지유가 숟가락을 들어 밥을 크게 떴다. 꾸역꾸역 입에 밀어 넣자 쑤셔 넣은 밥이 당장이라도 터져 나올 것만 같았다.

밥은 다 먹었지만, 교실로 들어갈 순 없었다. 녀석들이 벌써 교실에 들어가 있을 것이기 때문이었다. 지유가 식판을 들고 일어섰다. 5교시 시작종이 울리기 전까지, 아무도 모르는 장소를 찾아내야겠다고 지유는 생각했다. 혼자 있을 장소, 저만의 아지트를 찾아내 꽁꽁 숨어야 오늘, 내일 그리고 앞으로도 녀석들에게 괴롭힘을 당하지 않을 터였다. 지유는 다시 혼자가 되기로 단단히 마음을 먹었다.

운동장 가득 햇빛이 흘러넘치고 있었다. 햇빛이 좋아서인지 점심을 먹은 아이들이 교실에 들어가지 않고 삼삼오오 모여 있었다. 운동장을 뛰어다니는 아이들도 있었다. 햇살 속에 있는 아이들의 모습이 지유는 보기 좋았다.

그런데 지유 생각을 훔쳐보기라도 한 것처럼 운동장 벤치에 녀석들이 앉아 있었다. 선우는 보이지 않았다. 지유는 녀석들을 힐끗거리며 녀석들이 눈치채지 못하게 살금살금 본관 뒤를 향해 걸어갔다. 그때였다. 녀석들 가운데 한 명이 고개를 돌렸고, 그만 눈이 마주치고 말았다. 지유는 녀석들 눈을 피해 건물 안으로 들어가야겠다 싶었다. 지유는 당장 녀석들 시야에서 벗어나고 싶었다.

쫓기듯 건물 안으로 들어간 지유가 중앙 계단으로 올라갔다. 중앙 계단으로는 원래 잘 다니지 않는데, 아마도 햇살 때문이었을 거다. 계단까지 스며들어 온 햇볕이 벌나게 따뜻해 보여 지유는 저도 모르게 중앙 계단 위에 한 발을 걸쳐 놓았다. 지유가 조심조심, 길게 드리워진 햇살을 밟으며 2층으로 올라갔다.

계단 맨 위에 서서 둘러보니 처음 온 공간처럼 몹시 낯설었다. 계단을 타고 올라온 햇살이 복도 양쪽으로 퍼져 물결처럼 흐르고 있었다. 어느 쪽으로 갈까, 잠깐 고민하다 지유가 오른쪽 복도를 택했다.

이 학교는 전학 오기 전 학교와 달리 층마다 복도 마지막 지점에 교실 외 공간이 배치되어 있었다. 그러니까 3학년 1반 옆에 학년 교무실도 있고 상담실도 있는 식이었다. 3학년 5반 옆엔 무슨 공간이 있는지 궁금했다. 며칠 전에 보니 오른쪽 복도 맨 끝엔 문패도 달리지 않은 공간이 있었다. 지유는 특히 그 공간이 궁금했다.

오른쪽 복도 끝까지 간 지유가 창문 안을 들여다봤다. 불투명 유리더라도 희미하게 뭐라도 보일 것 같았다. 확인하지 않고 그냥 들어가기엔 조금 겁이 났다. 그런데 웬걸, 캄캄해서 안이 도통 보이지 않았다. 교실 문에 귀를 대고 엿들었지만 찍, 소리도 들리지 않았다. 아무도 없는 게 분명했다. 지유가 손잡이를 잡고 문을 조심스레 밀었다. 교실 앞문이 성급하게 밀려 나갔다. 어둠이 왈칵 달려들었다. 암막 커튼이 바깥세상의 빛을 완전히 차단하고 있었다. 지유가 저도 모르게 한 발을 내딛었다.

"아얏!"

주춤주춤, 몇 걸음 걸어가다 말고 지유가 멈춰 섰다. 알 수 없는 물건에 무릎이 부딪혔기 때문이었다. 눈물이 핑 돌았다. 게슴츠레 눈을 뜨고 앞을 바라봤다. 사방 벽 주위로 물건들이 쌓여 있고, 바로 앞에도 제 무릎을 친 검은 물체가 한 무더기 놓여 있었다. 창고인가? 어둠에 눈이 익은 지유가 다시 천천히 걷기 시작했다. 책상 무더기 옆에 앉을 만한 의자 하나가 놓여 있었다.

엄마가 일자리를 어서 구하면 좋을 텐데. 의자에 앉자 어젯밤 일이 불현듯 떠올랐다. 그래, 쉼터 엄마 말처럼 엄마는 무척 힘들 거야. 아빠 때문에 힘들고, 선유 때문에도 힘들고, 지금은 나를 키우느라 힘이 들 테니 엄마를 이해해야 해. 다짐이라도 하듯 지유는 자꾸자꾸 생각했다. 엄마가 일자리를 구하기만 하면 술을 덜 마실 거란 생각도 했다. 무엇보다 함께 있는 시간이 자연스레 줄어들 테니 엄마가 일자리를 구하는 것은 지유에게도 더할 나위 없이 좋은 일이었다. 그래도… 그래도. 아무리 열심히 자신을 타일러도 늘 마지막에 터져 나오는 서러움은 어쩔 수 없었다. 나는 지금, 당장 너무 힘들어! 나는 엄마가 너무 미워! 제멋대로 번지는 생각들을 지우려 지우가 고개를 숙였다. 그리고 입술을 앙다물었다.

"엄마가 미워!"

하지만 역부족이었다. 혼잣말이 저절로 터져 나오고 말았다. 혼잣말을 뱉어 내자 기다렸다는 듯 눈물이 주르르 흘러내렸다. 지우는 교실에 돌아가지 않고 집에도 가지 않고, 계속 아무도 없는 이 공간에 있고 싶었다. 혼자인 것이 편하고 좋았다. 이렇게 속엣말이라도 할 수 있어 정말 좋았다. 텅 빈 어둠 속, 지우가 의자에 오도카니 앉아 있었다.

'끽, 끼익'

창고 구석에서 무슨 소리가 났지만 생각에 빠져 있느라 지우는 아무 소리도 듣지 못했다. 의자 다리가 마룻바닥에 미끄러지는 소리였다.

"야, 김지우!"

갑작스런 소리에 어둠이 흔들거렸다. 지우는 너무 놀랐다. 가슴이 허벅지에 붙을 정도로 납작 몸을 구부렸다. 누구지, 누가 내 이름을 불렀지? 분명 귀신일 거라는 생각이 들었고 지우 온몸에 당장 소름이 돋아났다.

"야!"

귀신이 지유 어깨를 툭 쳤다. 지유는 몸을 더 웅숭그렸다. 당장 일어나 도망가야 한다는 생각이 들었다. 그런데 몸이 말을 듣지 않았다. 온몸이 후들후들 떨리기 시작했다.

"나야, 김선우."

귀신이 다시 뭐라고 지껄였고 지유는 더 납작 엎드렸다.

"나라니까, 선우."

귀신이 지유 어깨를 다시 흔들어 댔다. 그제야 정신이 확 돌아왔다. 선우? 그러고 보니 귀에 익은 목소리였다. 지유가 고개만 살짝 치켜들었다. 뒤에 있던 귀신이 지유 앞으로 걸어왔다.

"너 왜 여기 있냐?"

선우였다. 선우가 귀신처럼 지유 앞에 버티고 서 있었다.

# 대물림

누구야, 이 시간에? 점심시간에 여길 찾아오는 애들은 없었다. 학교엔 여기보다 더 어두컴컴하고 은밀한 장소가 많은 데다 이 공간으로 말할 것 같으면 선생님들 시야 안에 있어 은근히 불편했다. 선우가 이 장소를 제 아지트로 정한 것은, 아이들이 꺼리는 장소였기 때문이다.

처음엔 가만히 있을 생각이었다. 호기심에 들어왔을 테니 금방 나갈 거라 생각했다. 그런데 조심조심 걸어오더니 의자에 앉는 소리가 들려왔다. 무엇을 하는지 한참 아무 소리 없더니 느닷없이 귀에 익은 목소리가 들려왔다.

"엄마가 미워!"

지유잖아! 흐느낌이었지만 목소리의 주인공이 지유인 걸 확실히 알 수 있었다. 그런데 지유가 울기 시작했다. 지유 목덜미에서 본 멍 자국이 떠올랐다. 선우는 저도 모르게 의자를 밀고 나갔다. 지유 어깨가 격하게 오르락내리락하고 있었다. 지유 뒷모습을 한참 보고 있던 선우는 지유를 저렇게 혼자 두면 안 된다고 생각했다.

"너 왜 여기 있냐?"

선우를 알아본 지유가 벌떡 일어서더니 교실 앞문을 향해 잽싸게 걸어갔다.

"야, 멈춰!"

교실 앞문까지 걸어간 지유가 멈춰 섰다. 지유는 뒤를 돌아보지 않았다. 재밌냐? 나 우는 거 보니 즐거워? 지유 뒷모습이 선우에게 시비라도 거는 것처럼 보였다. 선우는 지유를 향해 걸어갔다.

"너, 토요일에 시간 있어? 동네 구경시켜 줄게. 내가 음… 네가 생각하는 것보다 좀 친절하거든. 3시 어때? 점심 먹고 3시까지 행복 아파트 정문 앞으로 와. 알겠지?"

지유가 문을 열고 나갈까 봐 와락 말해 버렸다. 지유가 드르륵 문을 열고 나갔다. 못 들은 건 아니겠지? 걱정됐지만 지유를 쫓아가고 싶진 않았다. 그러면 지유가 선우 저를 더 밀쳐 낼 것 같았다. 5교시 시작종이 울렸다. 그와 동시에 주머니가 들썩거렸고, 부르르 몸이 떨렸다. 휴대전화를 꺼내 보니 엄마가 보낸 문자가 떠 있었다.

선우야, 아빠 들어오시기 전에 들어와. 절대 늦으면 안 된다.

문자에서 오만 근심 걱정이 느껴졌다. 이 시간에 문자까지 보낸 걸 보면 엄마가 얼마나 불안해하고 있는지 알 수 있었다. 선우는 엄마를 안심시키고 싶었다.

당근이지. 끝나자마자 튀어 갈게. 싸랑해, 엄마!

하트를 넣을까 고민하다 관뒀다. 대신 문자를 하나 더 날렸다.

싸랑하는 우리 엄마는 초록색이 어울려. 엄마, 오늘 초록색 원피스 입어. 꼭!

이런 날, 특히 할아버지가 한 달에 한 번 밥 먹으러 오는 날이면 아빠는 엄마 옷차림까지 신경 썼다. 지난달 할아버지가 돌아가고 난 뒤, 옷차림이 그게 뭐냐며 아빠는 대놓고 엄마에게 조롱을 퍼부었다. 초록색 원피스는 아빠가 좋아하는 옷이니 분명 괜찮은 선택일 것이다. 문자 두 개를 날렸을 뿐인데 선우는 벌써 피곤했다.

선우가 아지트를 빠져나와 복도를 걸어갔다. 저 멀리, 교실 뒷문을 열고 들어가는 지유 뒷모습이 보였다.

6교시까지 있는 날이라 다른 날보다 하교 시간이 빨랐다. 오락 한 판 때리고 가자는 녀석들을 간신히 떼 놓고, 선우는 집으로 향했다. 사실 엄마가 아니라면 굳이 서둘러 갈 마음이 없었다. 집으로 가는 내내 선우 머릿속엔 죄지은 사람처럼 고개를 숙이고 있던 지유 뒤통수가 생각났다. 지유 목덜미 멍 자국이 어제보다는 희미해져 있었다.

"핵교 일찍 끝났네."

110동 계단을 향해 걸어가고 있었다. 경비실 문이 빼꼼 열리더니 안경을 코에 걸친 할아버지가 선우에게 말을 걸었다. 얼떨결에 선우가 고개를 숙여 인사하자 할아버지가 의자에서 주춤주춤 일어나 경비실 밖으로 나왔다. 할아버지 손에 신문이 들려 있었다. 할아버지를 스쳐 지나가며 선우가 할아버지를 슬쩍 훔쳐봤다. 묘하게 신경 쓰이게 하는 할아버지였다.

"잠깐 이짝으로 와 봐."

선우가 엘리베이터 앞에 섰는데 다시 또 목소리가 들려왔다. 뒤돌아보니 할아버지가 110동 현관 앞에 있었다. 잠깐 망설이다 할아버지를 향해 걸어갔다. 뒷짐을 진 할아버지가 걸어오는 선우를 바라보고 있었다. 할아버지 앞에 서자마자 할아버지가 선우 어깨를 꽉 부여잡았다.

"아따, 요렇게 요렇게!"

할아버지가 선우 어깨를 쫙 늘려 펼쳐 댔다. 선우 등짝도 팡팡 두드렸다.

　"어깨 펴고, 등 펴고! 요렇게 쫙쫙 펴니 키가 훨씬 커 보이는구면. 키도 크고 눈도 이쁘고, 징하게 잘생겼다 잘생겼어. 아부지를 꼭 빼닮았구면."

　다시 뒷짐을 진 할아버지가 흡족한 표정으로 선우를 올려다봤다. 머뭇거림이라곤 하나도 없는 할아버지 행동에 선우는 잠시 할 말을 잃었다. 할아버지가 웃으니 그저 따라 웃을 뿐이었다. 정말 이상한 할아버지였다.

　"근데 김선우여, 이선우여? 난 홍가인데."

　선우가 아무 말도 않자 무안했는지 흠, 흠 할아버지가 헛기침을 해 댔다.

　"사람들이 나를 홍씨라고 부르거든. 그래서 그런가 나도 내 이름이 홍씨라고 가끔은 착각한당께. 근디 나도 부모가 지어 준 번듯한 이름이 있당께. 내 이름은 갑산이여, 갑산. 홍갑산."

　"네."

　할아버지가 길게 말하니 대답이라도 해야 할 것 같았다. 할아버지가 뒷짐을 진 채 턱을 끌어올리고 선우를 다시 멀뚱히 올려다봤다.

　"저는… 김씨예요, 김선우."

　"김선우?"

선우가 고개를 끄덕였다.

"김선우. 이름도 좋고 성도 좋네, 좋아. 이젠 선우 니도 날 홍씨 할아버지라고 불러도 된다. 그럼 어여 가 봐."

"아, 네."

선우가 다시 얼떨결에 대답하고 말았다. 듣고 싶은 대답을 들었으니 더는 할 말이 없다는 듯 할아버지가 터벅터벅 경비실을 향해 걸어갔다. 괜히 멋쩍어 선우는 뒤통수를 긁적였다. 엘리베이터가 아직 선우를 기다리고 있었다.


"나 일찍 왔지, 엄마?"

"…."

엄마가 등을 진 채 거실 바닥을 닦고 있었다. 현관문 열리는 소리도, 선우 목소리도 듣지 못한 건지 걸레를 쥔 엄마 손이 분주히 바닥을 닦아 냈다. 엄마 손길을 따라 거실 바닥이 반짝거렸다.

"엄마, 나 왔어."

선우가 다가가 큰 소리로 말하자 그제야 엄마가 고개만 돌려 선우를 올려다봤다. 엄마 얼굴이 땀범벅이었다.

"대강 해, 엄마. 미끄러질 것 같아."

선우가 꽈당 넘어지는 시늉을 해 보였다. 과장된 선우 몸짓에도 엄마는 웃지 않았다. 거실 바닥이며 탁자 위를 살피는 엄마 눈이 바빴다.

"아직 할 일이 많네. 여태 했는데도…."

엄마가 혼잣말하며 몸을 일으켜 세웠다. 허드렛일할 때 입는 엄마 바지 무릎이 툭 튀어나와 있었다. 앞치마엔 물 자국이 선명했다.

"화장실 청소는 했고…, 거실 청소도 했고…. 아, 식탁보를 안 다렸다!"

앞치마에서 꺼낸 메모지가 물에 젖어 축축했다. 선우가 앞에 있는 것도 잊었는지 금방이라도 찢어질 것 같은 메모지를 들여다보며 엄마가 혼잣말을 자꾸 해 댔다.

엄마가 식탁을 향해 걸어가더니 식탁보를 확 걷었다. 선우는 아무 말 없이 엄마를 바라봤다. 늘 보는 모습이고 늘 있는 일인데도 익숙해지지 않았다. 선우가 숨을 훅 뱉어 냈다. 하지만 더 답답했다. 숨을 뱉어 낸 만큼, 아니 그보다 더 높게 답답함이 차올랐다.

선우가 일부러 가방을 거칠게 소파에 내던졌다. 식탁보를 탈탈 털고 있던 엄마가 고개를 돌려 선우를 바라봤다.

"배 안 고프지? 시간이 없어서 그러는데, 간식은 건너뛰고 조금 있다 다 같이 저녁 먹으면 안 될까?"

"나 엄청 배고프거든."

소파에 털썩 주저앉으며 선우가 퉁명스레 대답했다. 엄마는 어떻게 해야 할지 모르겠는 표정을 지어 보였다. 아차 싶었다. 지금 표정이 엄마 얼굴에 문신처럼 새겨질 것 같았다. 엄마, 그런 얼굴 하지 마. 선우가 속엣말을 삼키며 엄마에게 다가가려 할 때였다. 띠띠띠, 비밀번호 누르는 소리가 들려왔다.

"아, 옷!"

엄마가 식탁보를 내던지고 안방으로 뛰어 들어갔다. 거의 동시에 현관문이 열렸다. 선우가 성큼, 현관을 향해 걸어갔다.

"오셨어요?"

아빠 눈 밑, 그림자가 짙었다. 가방을 들고 있는 손과 어깨도 무거워 보였다. 아빠의 고단함이 가슴을 쿵, 치며 전해져 왔다. 선우는 이런 순간이 싫었다. 아빠가 미운데 미워할 수 없게 만드는 이런 수렁 같은 기분이 정말 엿 같았다. 그러나 그것도 잠시였다.

"엄마는?"

날카로운 목소리가 선우 가슴 속 새싹처럼 돋아나던 안타까움을 싹둑, 잘라 냈다. 거실에 들어오자마자 아빠가 집안 곳곳을 살피기 시작했다. 아빠 시선이 주방으로 향했을 때였다. 식탁에 아무렇게나 놓인 식탁보를 보자 아빠가 이맛살을 찌푸렸다. 못 볼 것을 본 사람처럼 아빠 표정이 몹시 심란했다.

안방 문이 삐걱, 소리를 내며 열렸다. 초록색 원피스를 입은 엄마가 뺨을 어루만지며 거실로 걸어 나왔다. 엄마가 아빠를 보며 웃었다. 억지로 웃는 엄마 미소가 어색하기 그지없었다.

"단정한 옷으로 갈아입는 게 좋겠다, 선우도."

엄마 옷차림이 마음에 들었을까? 다소 부드러워진 아빠 말투에 선우가 고개를 끄덕였다. 아빠도 마음이 바쁠 테니 시간을 끌어 좋을 게 없을 터였다. 소파 위, 배를 뒤집은 채 누워 있는 가방을 들고 선우가 제 방으로 걸어갔다.

"음식 준비는 다 됐죠?"

"그럼요."

방문 틈새로 들려오는 엄마 아빠 목소리엔 평상시보다 한 데시벨 높은 긴장이 스며들어 있었다. 젠장, 이게 뭐야? 하지만 불만을 터뜨릴 배짱이 선우에겐 없었다. 불안함과 불편함이 교묘히 섞인 해괴한 기분을 다스릴 수 없어 선우는 잠깐 그대로 서 있었다. 뱀 한 마리가 꿈틀거리는 것처럼 속이 뒤틀렸다.

"흰 셔츠. 그래, 할아버지가 흰 셔츠를 좋아하시니 그걸로 챙겨 입는 게 좋겠다. 선우."

방문 틈새로 아빠 목소리가 다시 기어들어 왔다.

선우는 가방을 방 한가운데 내던지고 침대에 엎드렸다. 아무것도 듣고, 보고 싶지 않았다. 푹신한 이불이 입과 코를 막았지만 차라리 마음은 편했다. 그냥 이대로 잠들어 버리면 좋겠다는 생각이 얼핏, 들었다. 더, 더, 더 이불 깊숙이 선우는 얼굴을 구겨 넣었다.

"어서 오세요, 아버지."

정말 잠이 들었던 걸까? 눈만 감고 있다고 생각했는데 어렴
풋이 아빠 목소리가 들리면서 밖이 소란스러웠다. 신발을 벗고
걸어 들어오는 소리, 조심스레 따라 걷는 소리. 무거운 소리 사
이사이로 흠흠 헛기침 소리도 간간이 들려왔다. 올 것이 왔구
나! 선우는 방문을 열고 나갈 일이 끔찍하고 끔찍했다.

"선우야?"

선우 생각을 읽기라도 한 걸까? 아빠 목소리가 다급했다.

"할아버지 오셨다, 선우야."

억지로 가라앉힌 목소리가 톱날인 듯, 날카로웠다. 선우가
몸을 세워 침대에 걸터앉았다.

"선우야?"

그새를 못 참고 엄마가 또 선우를 불렀다. 엄마 목소리엔 제
발 빨리 나와 달라는 간절함이 깃들어 있었다. 선우가 천천히,
아주 천천히 일어섰다. 방문을 향해 한 걸음 내디딜 때마다 선
우 심장이 쿵쿵 울려 댔다. 할아버지를 보면 어떤 표정을 지을
까. 선우는 대면의 순간을 상상했다.

"할아버지!"

방문을 열면서 천장에 가닿을 듯 통통 튀는 목소리로 선우
가 할아버지를 불렀다.

식탁에 막 앉으려던 할아버지가 선우를 쳐다봤다. 완벽하

기 그지없는 무표정! 할아버지 얼굴이 파이고 깎인 돌덩이처럼 느껴져 선우는 멍하니 할아버지를 바라봤다. 아빠가 선우를 보며 인상을 찌푸렸다. 그제야 선우는 제가 옷을 갈아입지 않았다는 걸 깨달았다. 하지만 이미 늦었으니 어쩔 수 없었다. 선우가 식탁으로 가 앉았다.

"아, 배고프다."

어색해지는 것이 싫어 선우가 너스레를 떨었다. 기대하지 않았지만 당연히 아무도 대꾸하지 않았다. 엄마가 준비된 요리를 하나하나 식탁 위에 올려놓았다. 음식들에서 몽실몽실 김이 올라왔다. 온도까지 맞춰 빈틈없이 준비했을 엄마의 시간이 선우는 눈물겨웠다. 터져 나오는 말들을 막으려면 뭐라도 쑤셔 넣어야 해서 선우는 숟가락 가득 밥을 떠 입에 욱여넣었다. 선우를 바라보는 할아버지 시선이 잔뜩 불편해 보였다.

"학교는 잘 다니지?"

"넵."

"너도 곧 고등학생이 되는구나."

"넵."

할아버지가 입을 열자 할아버지 얼굴이 꿈틀거리기 시작했다. 돌덩이도 움직거리는구나. 할아버지를 보며 생각하고 있는데 못마땅한 표정으로 밥을 떠먹던 할아버지가 탁, 소리가 나게 숟가락을 내려놓았다. 할아버지가 식탁에 한 손을 올려놓은 채 아무 말 없이, 눈도 깜빡이지 않은 채, 아빠를 쳐다봤다.

저절로 침이 꼴깍, 삼켜졌다. 선우는 할아버지가 만들어 내는 이런 침묵이 천 길 낭떠러지처럼 느껴졌다. 숨이 막혀 왔다.

"아비 노릇은 잘하고 있지?"

한참 만에 숟가락을 다시 들며 할아버지가 물었다. 밥그릇이 아빠라도 되는 듯 할아버지는 밥그릇만 내려다봤다.

"킁!"

갑자기 콧소리가 튕겨 나왔다. 많이 당황했는지 아빠 얼굴이 백지장 같았다. 할아버지가 고개를 들어 아빠 얼굴을 쳐다보자 입술 끝이 정수리까지 올라가며 아빠 얼굴이 일그러지기 시작했다. 킁, 킁, 킁. 아빠 콧구멍에선 허둥거리는 소리가 계속 튕겨 나왔다. 멈추려고 애쓸수록 더 멈춰지지 않는 모양이었다.

"선우 성적 관리는 잘하고 있냐?"

아빠 얼굴을 쳐다보지도 않고 할아버지가 다시 물었다. 젓가락에 걸린 잡채 몇 가닥이 할아버지 입으로 들어가는 동안 쉼 없이 흔들거렸다.

"킁, 첫 시험에서 1등을 했어요. 회, 회장 선거에도 나간다고 하, 하네요."

1등이라니, 회장 선거라니. 있지도 않은, 사실과 전혀 다른 말을 아빠가 해 댔다. 엄마는 접시에 코를 박고 나물 반찬만 휘적거렸다.

"그래야지. 그런데 너는…."

엄마는 할아버지가 자기를 쳐다보는 것을 눈치채지 못했다. 한참 아무 소리도 들리지 않자 엄마가 빼꼼 눈을 들어 할아버지를 건너다봤다. 그 순간이었다. 할아버지와 눈이 마주친 엄마가 손에 들고 있던 젓가락을 떨어뜨렸다. 엄마가 바닥에 떨어진 젓가락을 집으려고 벌떡 일어섰다. 얼마나 성급했는지 거친 엄마 몸짓에 의자가 벌렁, 뒤로 나자빠졌다.

"뭐, 뭐, 뭐 하는 거야. 지금?"

버럭, 아빠가 소리를 질렀다.

냉큼, 선우가 일어나 식탁 밑에 떨어진 젓가락을 집어 들고 쓰러져 있는 의자도 바로 세웠다. 여태 서 있는 엄마에게 그만 앉으라고 말해 주고 싶었다. 하지만 목소리가 나오지 않았다. 엄마 옆에 서 있기라도 해야 할 것 같았다. 선우가 엄마 옆에 나란히 서자 할아버지가 두 사람을 위아래로 훑어봤다.

"앉, 앉, 콩, 콩, 앉아!"

아빠가 또 버럭, 소리를 질렀다. 이런 소란을 만든 엄마가 마음에 들지 않는 표정이었다. 엄마가 털썩, 주저앉듯 의자에 앉았고 선우도 얼른 따라 앉았다. 할아버지가 탁 소리 나게 젓가락을 내려놓았다. 엄마는 움찔, 몸을 떨었다.

"너는 아직도 똑 부러지게 하는 게 없구나. 처음부터 그러더니 여태…."

대물림

할아버지가 엄마를 바라보며 낮은 목소리로 말하자 엄마 고개가 더 가라앉았다. 엄마 이마가 식탁에 닿을 것 같았다. 선우는 엄마 이마에 손이라도 받쳐 주고 싶었다.

"아, 아녀요. 선, 선, 킁, 킁, 우 엄마가 얼마나 애쓰는데요."

"시끄럽다. 누가 너한테 두둔하라고 하던? 그리고 너는…."

아빠를 쏘아보던 할아버지가 갑자기 입을 다물었다. 자글자글 갈라진 할아버지 입술 끝이 부들부들 떨고 있었다. 저 입에서 무슨 말이, 무슨 화살이 또 쏟아져 나올까? 할아버지는 칭찬도 곱게 하지 않는 사람이다. 선우는 할아버지 입에서 터져 나올 다음 말이 두려웠다.

"고약한 버릇을 아직도 못 고치다니. 자식이나 처가 이런 네 모습을 존경할 수 있을 것 같냐? 나는 널 키우면서 행동 하나, 말투 하나 허투루 하지 않았다. 다 본이 되어야 하니까. 네가 여태 이 모양, 이 꼴이니 집안 꼴이… 쯧쯧."

할아버지가 매서운 눈으로 집 안을 훑어보자 고장 난 인형처럼 아빠 목이 이쪽저쪽 막 꺾였다.

쯧, 쯧, 쯧, 쯧. 할아버지가 혀를 찰 때마다 킁, 킁, 콧소리를 내며 아빠가 목을 마구 꺾어 댔다. 할아버지가 올 때마다 반복되는 익숙한 풍경! 저도 모르게 선우가 벌떡 일어섰다.

"친구랑 약속이 있어요. 맛있게 드시고, 다음에 봬요. 할아버지."

정말 더는 앉아 있을 수 없었다. 선우가 일어서자 세 사람이 선우를 동시에 쳐다봤다. 선우는 보란 듯 휙, 뒤돌아서 버렸다. 그 바람에 의자가 나자빠졌지만 시간을 끌고 싶지 않았다. 선우는 1초라도 빨리 이 집에서 벗어나고만 싶었다.

신발 뒤축을 함부로 구겨 신은 선우가 현관문을 열어젖혔다. 닫히는 현관문 사이로 선, 선우, 김, 김, 선, 우! 선우를 부르는 아빠 목소리가 메아리처럼 들려왔다. 상관없었다. 다만 선우는 두 사람 사이에 남겨진 엄마가 불쌍했다. 미안해 엄마! 선우는 제가 정말 나쁜 놈이란 생각이 들었다.

# 결심

"나갈까, 말까?"

고양이가 인형 몸에 턱을 괴고 잠들어 있었다. 지유가 쓰다듬자 고양이가 꿈틀거렸다.

"그런데 이 동네 골목이 진짜 많더라. 혼자 다니면 길을 잃어버릴지도 몰라."

혼잣말인지 고양이에게 건네는 말인지 지유 저도 헷갈렸다. 게슴츠레 눈을 뜬 고양이가 고무줄처럼 몸을 쭉 늘이더니 코를 벌름거렸다. 배가 고픈 것 같았다. 숨겨 둔 사료를 꺼내 고양이 밥그릇에 부어 주던 지유가 비어 있는 손으로 휴대전화를 꺼냈다.

"늦었다!"

휴대전화를 보자마자 지유가 벌떡 일어섰다. 그 바람에 지유 손에 들린 사료가 주르르 쏟아졌다. 밥그릇에 코를 들이밀던 고양이가 놀랐는지 갑자기 슝 날아올랐다. 눈 깜짝할 새였다. 고양이가 벌써 담 위로 올라가 있었다.

"금방 올게."

일자리를 구하러 간 엄마가 오기 전에 돌아오려면 시간이 별로 없었다. 지유가 대문 밖으로 쏜살같이 뛰어나갔다.

선우는 휴대전화를 들여다보며 행복 아파트 앞에 서 있었다. 지유는 선우를 차마 부르지 못했다. 골목 시장 입구까지 몇 번을 왔다 갔다 하며 지유는 선우 주위를 그저 빙빙 돌기만 했다.

"김지유?"

어쩌지 못하고 또 스쳐 지나가고 있는데 낯익은 목소리가 들려왔다. 고개를 돌리자 선우가 번쩍 팔을 들어 올렸다. 가슴이 콩닥거리는데도 일부러 무심한 척, 지유가 선우를 바라봤다. 선우가 슬그머니 팔을 내렸다. 지유는 멋쩍어하는 선우 표정이 재밌었다. 어쩐지 귀엽다는 생각도 들었다.

"안녕?"

지유가 한 걸음 다가서며 활짝 웃어 보였다. 당황한 듯 선우가 어깨를 으쓱거렸다.

지유는 선우 곁에 서자 가슴이 더 콩닥거렸다. 아무 말도 못하고 그냥 서 있었다. 선우 역시 아무 말도 하지 않았다. 얼마나 그렇게 있었을까? 선우가 먼저 걷기 시작했다. 선우 한 걸음 뒤에서 지유도 가만가만, 천천히 따라 걷기 시작했다. 언덕배기 동네는 텅 비어 있는 것처럼 조용했다.

가파른 길이 나왔다. 선우가 천천히 걷자 선우 어깨와 지유 어깨가 이내 나란해졌다. 선우는 한껏 걸음을 늦췄다. 헐떡이는 지유 숨소리가 들려왔기 때문이다. 지유는 거친 제 숨소리를 선우에게 들킨 것만 같아 부끄러웠다. 부끄러움을 감추고 싶어 지유가 입을 열었다. 선우와 무슨 말이든 나누고 싶기도 했다.

"골목 부자네, 이 동네."

그러고 보니 지유가 선우를 처음 본 곳도 막다른 골목이었다. 왜 그날 그 시간, 선우가 그 골목에 있었는지 문득 궁금했다. 지유는 아무런 대꾸 없이 걷고 있는 선우를 힐끗 훔쳐봤다.

차 한 대가 간신히 지나갈 수 있는 찻길 옆으로 골목들이 가지처럼 뻗어 있었다. 오래된 주택가, 낡은 주택들 사이에서 최신식 건물이 불쑥불쑥 튀어나오곤 했다. 신식과 구식이 한데 어울려 있는 골목이었는데, 오래된 주택을 들여다보는 재미가 꽤 쏠쏠했다. 골목을 지나칠 때마다 이쪽으로 쭉 가면 광덕고등학교가 나오고, 이 골목이 신창 공원으로 가는 지름길이라고 선우가 하나씩 말해 줬다. 광덕고등학교도 모르고 신창 공원도 가 본 적 없는 지유는 그저 고개만 끄덕였다.

"공원 가 볼래?"

신창 공원으로 가는 골목을 방금 지나쳤는데 선우가 갑자기 물었다. 지유가 고개를 끄덕이자 선우가 뒤돌아 걷기 시작했다.

골목을 지나 10분쯤 더 걸어가자 큰 도로 옆에 작은 공원이 나타났다. 하늘로 솟은 나무들 덕분에 결코 작아 보이지 않는 공원이었는데, 여름이 되면 시원한 그늘을 만들어 줄 아름드리나무들이 제법 듬직해 보였다. 대여섯 살로 보이는 아이들이 신나게 미끄럼틀을 타고 있었다. 선우가 갈색 벤치에 가 앉자 지유도 뒤따라 앉았다. 비둘기들이 먹을 것 없는 맨땅을 콕콕 찍어 대고 있었다.

"녀석들이 뭐라고 지껄여도 신경 쓰지 마."

한참 뒤, 선우가 불쑥 말했다.

"말로만 센 척하는 녀석들이야, 괜찮아."

뭐가 괜찮다는 건지, 밑도 끝도 없는 말을 들으며 지유가 또 고개를 끄덕였다. 사실 신경이 쓰이는 건 녀석들이 아니라 선우였다. 더는 관심 두지 말자고 마음먹었지만 선우는 넘어가지 않는 페이지처럼 자꾸만 신경이 쓰였다. 막다른 골목에서 본 모습 때문일까? 선우를 학교에서 만나게 되자 지유는 반갑고 기뻤다. 게다가 같은 반, 그것도 앞뒤로 앉게 되었을 땐 우연이 필연으로 이어지는 것 같아 살짝 놀랍기까지 했다. 게다가 학교 창고에서의 만남은…!

"내 죽은 동생 이름이 너랑 비슷해, 선유."

"응? 아, 그랬구나."

이제야 모든 것이 이해된다는 듯 선우가 대답했다.

지유는 선우 대답이 이상했다. '네 동생 왜 죽었어?'라고 묻지 않는 선우가 지유는 편안했다. 그래서일까? 굳게 닫힌 철문의 빗장이 열리듯 마음이 허물어졌다. 한 발짝 더 들어가고 싶었던 그 골목. 그 어두운 골목 안으로 지유는 더 바짝 들어가고 싶었다.

"난 선유를 못 지켜 줬어. 선유가 나를 만날 귀찮게 했거든. 그날도 내가 할 수 없는 걸 막 해 달라고 하니까 귀찮고 속상해서 한 대 쥐어박았어. 난… 나쁜 언니야."

이젠 그만 이야기해야 돼, 지유는 생각했다. 말하는 새, 눈물이 그렁그렁 차올랐다. 지유는 선우 앞에서 울고 싶지 않았다. 지유가 손바닥으로 얼굴을 감쌌다. 손가락에 힘을 줘 눈두덩에 남아 있는 눈물을 훔치느라 지유는 선우가 저를 보고 있는 걸 눈치채지 못했다. 소맷자락이 살짝 들린 자리, 선우가 지유 손목을 들여다보고 있었다.

"근데 너 고양잇과야?"

가라앉은 마음을 바꾸려고 지유가 물었다.

"웬 고양이?"

"너 어두운 곳 되게 좋아하던데."

선우가 고개를 갸웃거렸다. 지유가 픽 웃었다.

"창고 말이야. 어디 처박혀 있었던 거야? 분명 거기 아무도 없었거든."

선우가 몸을 틀어 지유를 쳐다봤다. 황당해하는 표정이었다. 지유도 고개를 틀어 선우를 바라봤다. 입술을 오므리고 눈을 번쩍 뜬 선우 표정에 웃음이 터져 나올 뻔했다. 웃음을 참으려고 지유가 입을 앙다물었다.

"그리고 나 너 봤거든. 막다른 골목에서."

"너였어? 비 오는 날? 막다른 골목?"

지유가 고개를 끄덕이자 선우가 어두워지고 있는 하늘을 올려다보며 허, 탄식을 뱉어 냈다. 선우 머리 위로 먹구름이 몰려 있었다. 빗방울이 선우 콧등에 뚝 떨어졌다.

"내 아지트를 두 군데 다 들키다니, 하 참."

선우가 고개를 휙 틀어 지유를 바라봤다.

"너!"

선우가 손가락 두 개를 접어 지퍼 채우는 시늉을 해 보였다. 입을 다물라는 소리였다.

"아지트? 거긴 이제 내 아지튼데!"

지유가 씽긋 웃으며 말했다.

갑자기 몰려든 먹구름 때문에 큰 나무 사이사이 어둠이 짙게 내려앉았다. 미끄럼 타던 아이들이 공원 밖으로 쏜살같이 뛰어갔다. 지유가 주위를 둘러봤다.

"난 지금처럼 모든 게 제 색을 잃어 가는 이런 시간이 좋아. 어두워지면 다 똑같아질 테니까. 색을 거둬들인 세상이 나한테 '괜찮아, 다른 사람들과 하나도 다르지 않아'라고 말해 주는 것 같거든. 어두워져 가는 시간이 좋은 이유는 또 있어. 빛이 나타나잖아. 하나둘, 어두운 하늘에 떠오르기 시작하는 불빛을 보고 있으면 용기가 생겨. 지금은 어디로도 갈 수 없지만 갈 수 있을 때, 반드시 가야 할 때 불빛만 보고 따라가면 될 것 같아. 내가 바라보는 것처럼 그 불빛이 나를 보고 있다고 생각하면 용기가 생겨."

이렇게 길게 말해 본 적이 언제였던가 싶었다. 지유는 지금 저도 모르게 이야기가 쏟아져 나오고 있다고 생각했다. 빗방울이 지유 손등에 뚝 떨어졌다. 이야기하던 지유도, 마냥 듣고만 있던 선우도 한참 아무 말 하지 않았다.

"나도 궁금한 거 있다. 말해도 돼?"

침묵이 낯설어질 무렵 선우가 문득, 입을 열었다. 지유가 발을 까닥거리며 고개도 까닥거렸다.

"이거."

선우가 지유 손목을 가리켰다. 제 손목을 무심히 내려다보던 지유가 얼른 소맷자락을 끌어 내렸다.

"이거? 부딪혔어. 이삿짐 옮기다가."

"응."

너무나 짧은 선우 대답에 지유가 되레 난감했다. 무슨 말이든 더 해야 할 것 같았다. 아니 하고 싶었다. 고양이 등허리를 쓰다듬듯 지유가 제 손목, 이제 막 푸르뎅뎅해지기 시작한 멍자국을 매만졌다.

"예쁘지? 처음엔 이런 색이 아니었어. 엄청 붉은색이었다가 하루 이틀 지나면 시퍼레져. 시간이 흐르면 물이 흘러가는 것처럼 시퍼런 색이 점점 번지기 시작하지. 계속 보고 있으면 아무것도 없는 땅에 꽃 한 송이가 피었다 지는 것처럼 보여."

지유가 손을 떼고 제 손목을 들여다봤다. 푸르뎅뎅하게 번지기 시작한 멍 한가운데 이제 막 다시 피기 시작한 붉은 꽃 한 송이가 보였다. 선우는 아무 말 없이 그저 듣고만 있었다. 지유가 벌떡 일어났다.

"나, 가야 해. 엄마 오기 전에."

느닷없이 일어선 지유 때문에 놀랐을 텐데 선우도 이내 따라 일어섰다. 바람이 불자 큰 나무에 매달린 작은 이파리들이 손바닥 뒤집는 것처럼 제 몸을 마구 흔들어 댔다.

지유와 선우는 도로를 건너 다시 긴 골목 안으로 들어갔다. 바람도 따라 들어왔다. 한꺼번에 들어온 바람이 좁은 골목을 빠져나가느라 더 거세지고 있었다. 습하고 무거운 바람이 지유 머리카락을 날려 댔다. 지유는 앞으로 쏠린 머리카락을 거둘 생각도 하지 않고 그냥 걷기만 했다. 선우는 바람을 따라 휘날리는 지유 머리카락이 신경 쓰였다. 몇 번을 망설이던 선우가 지유 얼굴에 드리운 머리카락을 살짝 들어 귀에 꽂아 줬다. 잠깐 멈칫하는 것 같더니 지유가 아무렇지 않은 듯 앞만 보고 걸어갔다. 지유 얼굴에 서서히 퍼져 나가는 석양빛처럼 붉은 기가 피어올랐다. 지유는 빗방울 섞인 바람이 제 뺨을 감싸는데도 전혀 차가운 줄 몰랐다.

선우는 머리카락을 귀에 꽂아 주다가 살짝 훔쳐본 지유 눈동자가 예쁘다고 생각했다. 문득 크고 예쁜 눈을 가졌다고 칭찬해 준 경비 할아버지가 생각났다. 네 눈동자는 흑진주처럼 아주 예쁘단다. 할아버지가 그랬던 것처럼 선우는 지유에게 말해 주고 싶었다. 선우는 지유 역시 이런 칭찬을 여태 한 번도 들어 본 적이 없을 것만 같았다.

골목 오르막을 거의 올랐을 때였다. 지유가 낡은 대문 앞에 우뚝 멈춰 섰다.

"우리 집이야."

"여기가?"

"다음에 또…."

지유네 집은 부근에 있는 집들보다 더 낡고 오래돼 보였다. 담장이 허물어진 곳도 있고, 지붕 슬레이트가 깨진 곳도 있었다. 페인트가 군데군데 벗겨진 초록 대문은 처음부터 얼룩무늬

였던 것처럼 자연스러워 보였다. 선우는 살짝 열려 있는 대문 틈으로 안을 들여다보려다 말았다. 지유가 대문을 밀자 삐거덕 소리가 났다.

"아, 나 고양이 키운다."

대문 앞에서 지유가 고개를 돌려 말했다.

"아, 그래."

더 말하고 싶은데 선우는 그러지 못했다. 지유가 대문 안으로 쏙 들어가 버렸기 때문이다.

지유는 마당에서 선우가 걸어가는 소리를 들었다. 처음 몇 걸음은 느릿느릿 천천히 걷더니 이내 뛰듯이 걸어갔다. 걸음 소리가 들리지 않자 지유는 비로소 너무 늦게 집에 들어온 건 아닐까 걱정됐다. 고양이를 보러 갈까 잠깐 망설이다 그냥 현관으로 들어갔다. 지유 방문 틈새에서 불빛이 흘러나오고 있었다. 불안한 마음으로 지유가 방문을 열었다.

"어딜 싸돌아다니다 이제 오는 거야?"

물컹한 것이 날아와 지유 머리통을 때렸다. 고양이 인형이었다. 방바닥에 떨어진 고양이 인형 배가 너덜너덜 찢겨 있었다. 솜털이 절반이나 삐져나와 홀쭉해진 고양이 인형이 슬픈 눈으로 지유를 올려다봤다. 지유는 눈을 감아 버렸다.

"갖다 버리라고 했지? 내 말이 우습니?"

엄마가 책상 위에 있는 책을 들어 지유에게 던졌다. 헉, 갑자기 숨이 막혀 왔다. 당장 숨을 토해 내지 않으면 죽을 것 같았다. 지유가 본능적으로 제 가슴을 꽉 눌렀다. 그제야 훅 숨이 터져 나왔다. 하지만 더는 버티고 있을 재간이 없었다. 지유는 그대로 주저앉고 말았다. 고양이 인형이 어떻게 엄마 손에 들어갔을까, 지유 머릿속엔 오직 고양이 인형 생각뿐이었다.

"내가 돌아다니지 말라고 했지? 학교 말고는 어디에도 싸돌아다니지 말라고 했잖아!"

돌아다니다 온 게 맞으니 할 말이 없었다. 무엇보다 지유는 지금 밖에 있는 고양이가 더 걱정됐다. 지유가 주저앉은 채 손톱을 자근자근 물어뜯었다.

"게다가 고양이를 집에 들여? 한마디 말도 없이!"

지유는 침착해야 한다고 생각했다. 밖에 있는 고양이도 엄마에게 들킨 것 같았다. 고양이를 위해서라도 차근차근 생각해야 했다. 엄마가 화가 난 건 고양이나 고양이 인형 때문이 아니야. 나 때문이야. 내가 없어서, 내가 눈앞에 보이지 않아 화가 난 거야. 싸돌아다니지 말라는 말을 지키지 않아 화가 난 거라고! 엄마가 불같이 화를 내는 건 분명 나 때문이라고, 나! 지유가 털썩, 무릎을 꿇었다.

"이제 안 나갈게요. 심심해서 동네 구경….."

"큰 소리로 말해, 성질 긁지 말고!"

"심심해서 나갔어요."

지유가 큰 목소리로 대답했다.

"뭐, 심심해? 난 너 키우려고 일자리 구하러 싸돌아다니고, 돈 빌리러 다니는데 고작 한다는 소리가 뭐, 심심해?"

엄마가 지유를 향해 다가왔다. 쿵쿵 방바닥이 울려 댔다. 지유는 몇 대 맞으면 된다고 생각했다. 저 때문에 엄마가 화가 났으니 몇 대 맞으면 상황이 끝날 것이었다. 그러면 고양이는 안전할 테고, 적어도 인형처럼 배가 찢기는 일은 벌어지지 않을 것이다. 지유는 스스로를 계속 안심시켰다.

"엄마, 다시는….."

지유가 손바닥을 붙이고 빌기 시작했다. 그런데 머리카락이 갑자기 곤두섰다. 곧 머리통까지 들리더니 살갗이 뜯겨 나갈 것 같았다. 머리카락이 곤두선 채로 머리통까지 흔들거렸다. 뜯기는 고통과 흔들리는 고통이 더해져 머릿골이 금방이라도 빠개질 것 같았다. 왜 아무도 나를 구하러 와 주지 않는 걸까? 지유는 좌우로 흔들리는 머리통을 누가 좀 붙잡아 주면 좋겠다고 생각했다.

한참 뒤, 제풀에 지친 엄마가 머리카락 움켜쥔 손을 놨다. 엄마 손아귀에 지유 머리카락이 한 움큼 쥐어 있었다. 이제 손아귀 쥘 힘도 없는지 엄마 손에 있던 지유 머리카락이 검은 연기처럼 휘날리며 방바닥으로 떨어졌다.

"다신 고양이 집에 들이지 마. 더러워."

지유 방을 나가며 엄마가 한마디 했다. 광풍이 쓸고 지나간 벌판처럼 엄마 목소리가 착 가라앉았다.

지유는 엄마가 잠들길 기다렸다. 몇 시간 뒤, 마당으로 나갔다. 고양이가 있던 자리에 대야도 없고, 고양이 밥그릇도 없었다. 물론 고양이도 없었다. 바닥이 찰까 싶어 가져다 놓은 낡은 방석도 사라지고 없었다.

너무 슬픈데 눈물이 나오지 않았다. 아니, 선유가 죽었을 때처럼 지유는 눈물을 흘릴 수 없었다. 그때 지유는 눈물을 흘리면 선유가 죽었다는 사실을 인정하는 것 같아 차마 울 수가 없었다. 언니, 울지 마. 쉼터에서 울 때마다 선유는 고사리 같은 손으로 지유를 쓰다듬으며 위로해 줬다. 지유는 선유 목소리가 너무도 생생해 차마, 지금 울 수가 없었다.

다신 그때처럼 보내지 않을 거야. 대신 지유는 곱씹고 곱씹었다. 선유가 지키려고 했던 고양이, 고양이를 지켜 내고 떠난 선유를 위해서라도 지유는 제 고양이를 꼭 지키고 돌봐 주리라 결심했다.

비가 뚝뚝 떨어지고 있었다. 현관을 향해 두어 걸음 걷던 지유가 몸을 휙 틀어 대문을 향해 걸어갔다. 대문을 열자 삐거덕 소리가 났다. 다행히도 빗소리가 시끄러운 대문 소리를 덮어 줬다. 지유가 멀리 가 버리자 어서 돌아오라는 듯 대문이 저 혼자 덜커덩덜커덩 요동을 쳐 댔다.

# 시퍼런 꽃

"늦었습니다."

현관문을 열어젖히며 큰 소리로 말했다. 안에서 아무 소리도 들려오지 않았다.

"엄마, 밥!"

신발을 벗은 선우가 중문을 열며 더 큰 소리로 말했다. 역시 아무 소리도 들리지 않았다. 토요일이니 아빠도 분명 집에 있을 텐데. 뭐야, 또 무슨 일이 있는 거야? 이런 상황이면 늘 반복되는 제 상상이 싫었다. 선우가 꽉, 피가 나게 입술을 깨물었다.

"어?"

놀랍게도 아빠는 거실 소파에 앉아 있었다. 거실 구석, 한 사람은 넉넉히 들어갈 수 있는 커다란 나무 상자가 눈에 들어왔다. 선우가 뭐지 싶어, 나무 상자를 바라봤다.

"요새 정신을 어디 쏟고 다니니, 아들?"

날 선 목소리에 정신이 번쩍 들었다.

"저거 뭐예요?"

일부러 히죽 웃으며 아빠를 바라봤는데, 아빠가 대답 없이 나무 상자를 향해 뚜벅뚜벅 걸어갔다. 나무 상자 문을 확 열어젖힌 아빠가 선우에게 턱짓했다. 가까이 오라는 뜻이었다.

"들고 나와, 아들."

아빠가 나무 상자 안 책상을 향해 다시 턱짓했다. 책상 위엔 선우 책이 여러 권 놓여 있었다. 젠장! 아빠가 지금 무슨 말을 하려는 건지 알 것 같았다. 책을 집어 들면서 선우는 저도 모르게 한숨을 내쉬었다. 선우 행동이 마음에 들지 않는지 아빠가 인상을 찌푸렸다. 안방 문 열리는 소리가 났다.

"오늘 우리 아빠 분위기가 묘하신데."

분위기를 바꿔 보려고 너스레를 떨었지만 소용이 없었다. 아빠가 선우 손에 들린 책을 획 낚아챘다. 수학 참고서였다. 왼손에 참고서를 쥐고 휘리릭 책장을 넘기던 아빠가 탁 소리 나게 책을 덮었다. 책장 사이사이를 먼지 닦듯 손가락으로 문질러 대던 아빠가 절레절레 고개를 흔들었다.

"흔적이 없어, 책을 본 흔적이."

어쩌라고? 참고서를 보고 안 보고는 내가 결정하는 거야. 내가 보고 싶으면 보고, 안 보고 싶으면 안 보는 거라고! 보지도 않을 걸 사 와서 보라고 강요한 건 아빠잖아! 받긴 했어도 이걸로 공부하겠다고 약속하진 않았잖아. 사실 아빠가 사다 준 참고서만 벌써 수십 권이었다. 악다구니가 목구멍을 치고 올라 왔지만, 선우는 아무 말도 못했다. 늘 있는 일인데도 그저 조금 더 화가 나고 조금 더 답답할 뿐이었다. 선우가 주먹을 꽉 쥐었다. 엄마가 선우 곁으로 다가와 섰다.

"자식이 이 모양이니 이제부터 자식 관리는 내가 해야겠네. 그렇지, 여보?"

아빠가 엄마에게 비아냥거렸다.

이 사달은 할아버지가 몰고 온 쓰나미였다. 할아버지가 다녀가고 나면 이런 일이 반복됐다. 표적은 엄마일 때도 있고, 선우일 때도 있었다. 대부분 엄마가 공격 대상이 되곤 했는데, 식사 때 뛰쳐나간 탓인지 이번엔 선우였다. 기분 내키는 대로, 보이는 대로 지적질하고 분노를 쏟아 내는 아빠. 아빠가 그럴 때마다 엄마와 선우는 아빠의 감정 쓰레기통이 되어 늘 긴장하며 살아야 했다. 정말 지긋지긋한 반복이었다.

"밥만 축내는 버러지도 아니고, 둘 다 제대로 하는 게….."

"1등을 했다고 이미 말해 버렸으니 1등은 아빠가 해야죠."

선우는 제가 말해 놓고도 스스로에게 놀랐다. 난생처음 있는 일이기 때문이었다.

"다시 말해 봐, 너!"

"선, 선우야. 왜 그래?"

엄마가 옆으로 바짝 다가와 선우 팔목을 잡았다.

"아빠가 거짓말했잖아요."

이미 엎질러진 물! 실밥이 뜯겨 나가니 툭, 툭, 툭, 박음질 된 것들이 터져 버렸다. 선우가 아빠 눈을 똑바로 쳐다보며 대답했다.

애당초 아빠에겐 진실을 전달하는 것이 불가능했다. 아빠는 늘 귀가 없는 사람처럼 행동했다. 입을 닫고 있으면 무시한다고, 입을 열면 건방지다고 난리를 쳤다. 때때로 거짓말이 통할 때도 있었지만 지금은 그러고 싶지 않았다. 또, 그렇게 되지도 않았다.

선우가 손에 쥐고 있던 책을 일부러 툭, 바닥에 떨어뜨렸다. 선우 팔목을 잡고 있는 엄마에게서 심한 떨림이 느껴졌다.

"쿵, 쿵, 김, 김, 선, 선우. 너 뭐, 뭐 하는 짓이야?"

아빠 얼굴이 샛노래졌다가 하얘지더니 곧 벌게졌다. 터지기 직전 화산처럼 부글부글 끓어오르는 분노가 느껴졌다. 엄마가 선우 손을 더 꽉 붙잡았다. 얼마나 세게 움켜쥐는지 엄마 손톱이 선우 손등에 박혔다.

"어서 잘못했다고 말씀드려, 선우야."

엄마가 다급하게 속삭였다. 선우도 당장 빌어야 한다고 생각했다. 그런데 입이 열리지 않았다. 선우가 입을 다물고 버티자 아빠가 쥐고 있던 책을 획 내던졌다. 책이 사선을 그으며 주방 가까이 떨어졌다. 엄마가 아빠 앞으로 걸어갔다.

"선우가 스트레스… 그래요, 곧 고등학교 가야 하니까 스트레스 받아서. 그러니 당신이 이해해요. 그렇지, 선우야?"

엄마가 아빠를 가로막고 선우를 바라봤다. 선우야, 그러지 마. 아빠를 화나게 하지 마, 제발. 슬픈 눈이 선우에게 말하고 있었다. 선우는 입을 앙다물었다. 눈물이 나올 것 같았다.

"잘못했어요."

엄마 때문이었다. 접착제로 붙인 듯 열리지 않던 입이 엄마 때문에 열려 버렸다. 아빠는 선우가 잘못했다고 빌지 않으면 엄마를 가만두지 않을 것이었다. 불을 보듯 뻔한 일! 엄마가 선우 손을 잡아끌었다. 선우는 엄마가 잡아당기는 대로 가만있었다.

"단단히 혼을 낼게요. 다시는 이런 일 없도록 버릇을 고쳐 놓을게요. 당신은 좀 쉬세요."

엄마가 선우 손을 잡고 선우 방으로 걸어갔다. 선우는 지금 제가 도망치는 것처럼 느껴졌다. 그래도 당장은 엄마가 하는 대로 따라야 할 것 같았다. 킁, 킁, 킁. 콧소리와 함께 아빠가 털썩 소파에 주저앉는 소리가 들려왔다.

방으로 들어간 선우가 침대 끝에 엉덩이를 걸치고 앉았다. 엄마도 선우 옆에 앉았다. 갑자기 가해진 무게 때문에 침대 스프링이 징징 울어 댔다. 엄마가 선우 손을 맞잡았다. 엄마에게 손을 내맡긴 채 선우가 엄마를 빤히 바라봤다. 목 뒤에서 시작된 푸르뎅뎅한 얼룩이 옆 목선까지 번져 있었다.

'예쁘지? 처음엔 이런 색이 아니었어. 엄청 붉은색이었다가 하루 이틀 지나면 시퍼레져. 시간이 흐르면 물이 흘러가는 것처럼 시퍼런 색이 점점 번지기 시작하지. 계속 보고 있으면 아무것도 없는 땅에 꽃 한 송이가 피었다 지는 것처럼 보인단다.'

갑자기 왜 지유가 한 말이 생각난 걸까? 선우는 엄마 목에서 눈을 떼지 못했다.

"선우야, 아빠가 널 위해서 그러시는…."

"엄마?"

선우가 엄마 말을 끊었다. 무겁디무거워 보이는 눈꺼풀을 들어 엄마가 선우를 바라보고 있었다.

"엄마는 괜찮아?"

선우가 묻자 고개 들고 있을 힘조차 없는지 엄마 고개가 옆으로 갸우뚱 기울었다.

"엄마."

선우가 엄마에게 붙잡힌 손을 빼내 엄마 손목을 부여잡았다. 선우가 엄마의 긴 옷소매를 올렸다. 시퍼런 멍이 드러났다. 지유가 말했던 것처럼 아무것도 없는 땅에 핀 한 송이 꽃처럼 시퍼런 색 한가운데 점점이 박힌 붉은색이 꽃술인 양 나비를 부르고 있었다. 선우가 엄마 팔등에 피어난 꽃에 손을 갖다 댔다. 그때였다. 엄마가 벌레 털어 내듯 선우 손을 황급히 뿌리치더니 팔꿈치까지 올라가 있는 옷소매를 쭉 잡아 내렸다.

"부딪친 거야, 화장실 가다가."

엄마가 침대에서 벌떡 일어났다. 그 바람에 침대 스프링이 징 크게 한 번 울었다. 선우가 침대 끝에 그대로 앉아 엄마를 올려다봤다.

"우리가 아빠를 이해해야 해. 아빠가 그러는 건….."

선우가 보고 있는데도 엄마는 선우와 눈을 마주치지 못했다. 급한 일을 두고 온 사람처럼 휙 돌아서더니 방문을 향해 서둘러 걸어갔다. 선우는 엄마가 방을 나가기 전에 무슨 말이든 위로가 되는 말을 해 주고 싶었다. 왠지 엄마가 이대로 나가면 다시는 위로해 줄 수 없을 것 같았다. 무슨 말을 해야 할까? 무슨 말을 해야 엄마가 잠시라도 행복해질 수 있을까? 짧은 순간 선우는 생각하고 또 생각했다.

"엄마!"

선우가 엄마를 불렀다. 방문 손잡이를 움켜쥔 그대로 엄마가 멈췄다.

"내가 지켜 줄게, 엄마."

등지고 선 엄마 몸이 심하게 흔들렸다. 선우는 흔들리는 엄마 뒷모습을 보며 제가 한 말을 곱씹었다. 내가 지켜 줄게, 엄마. 내가 꼭 지켜 줄 거야. 엄마가 방문을 열고 나갔다.

시퍼런 꽃

저녁을 먹고 나서도 선우는 거실 독서실 책상에 앉아 공부해야 했다. 아빠 체면을 살려 주려면 그 정도는 해야 했다. 하지만 흰 것은 여백이고 검은 것은 글씨였다. 한 글자도 눈에 들어오지 않았다. 그래도 선우는 꼬박 2시간을 버텨 냈다. 엄마를 위해서였다. 아무리 그렇더라도 거기까지가 한계였다. 2시간에서 5분이 지나자 더는 견디기 힘들었다. 선우가 독서실 문을 박차고 나갔다. 아빠가 눈을 감은 채, 소파에 앉아 있었다.

"꼭 봐야 할 책을 독서실에 두고 왔어요."

선우는 제 방에 들어가 옷장 서랍에 숨겨 둔 담배를 챙겨 나왔다. 1초가 급해 새로 산 신발 뒤축을 아무렇게나 구겨 신은 채 현관문을 여는데 중문이 열렸다. 엄마가 선우 곁으로 와 섰다.

"바람만 쐬고 바로 들어와."

엄마가 허리를 숙이더니 선우 귀에 대고 속삭였다. 선우는 엄마와 비밀이 생긴 기분이 들었다. 제 바지 주머니에 담배가 들어 있는 걸 엄마가 알지도 모른다는 생각이 얼핏 들었다. 중문 유리 너머 그림자처럼 앉아 있는 아빠가 보였다. 선우는 엄마에게 씽긋 웃어 주고는 현관문을 열고 나갔다.


비가 내리고 있었다. 우산을 가지고 나오지 않은 것이 후회되었지만 그렇다고 집에 다시 들어가고 싶지는 않았다. 후드득, 빗방울이 제법 굵었다. 몇 걸음 걷다 말고 선우가 경비실을 향해 뛰어갔다. 경비실은 비어 있었다. 선우는 굵은 비만 피할까 싶어 경비실 옆 처마 밑으로 들어갔다.

"아따, 여사님! 몇 마리 안 돼라. 저것들도 오갈 데 없으니까 찾아든 것인디."

멀거니 서 있는데 익숙한 목소리가 들려왔다. 비 내리는 어둠 속, 두 사람이 저만치에서 목소리를 높이고 있었다. 경비 할아버지와 부녀회장 아줌마였다.

"영감님, 이러시면 안 돼요. 영감님이 챙기니까 애들이 모여드는 거잖아요. 아파트가 고양이 천지가 되는 건 시간문제예요. 그러면 영감님이 책임지실 거예요?"

삿대질만 안 했지, 할아버지에게 따지는 목소리가 여간 야멸찬 게 아니었다.

"아이고, 늙은 영감이 어떻게 책임을 진다요? 암튼 앞으론 괭이든 괭이 새끼든 얼씬도 못 하게 하겠어라."

곧 두 사람의 발걸음 소리가 갈라져 들려왔다.

쉽게 그칠 비가 아닌 듯싶었다. 비가 잦아들길 기대하느니 아침이 되기를 기다리는 게 더 나을 것 같았다. 할아버지가 경비실을 향해 걸어오는 것을 보고 선우가 냅다 뛰기 시작했다. 담배가 비에 젖을까 선우는 주머니에 손을 넣어 담뱃갑을 꽉 움켜쥐었다.

막다른 골목에 들어서자마자 선우가 담배부터 꼬나물었다.

선우는 너무 심란했다. 아빠가 선우에게 바라는 일은 죄다 터무니없는 것들이었다. 아빠는 선우에게 공부도 1등, 운동도 1등을 요구했다. 솔직히 중학교 1학년 때까지는 아빠의 요구를 들어주는 게 그리 어렵지 않았다. 대강, 대충 공부하고도 며칠만 집중하면 가능했다. 그런데 2학년 때부터는 그게 안 됐다. 선우 뒤에 있던 아이들이 장거리 마라톤에서 마지막 코너를 돌 때 역전을 하는 것처럼 앞서거니 뒤서거니 선우를 따돌리기 시작했다. 대강, 대충이 통하지 않는다는 것을 뒤늦게 깨닫긴 했지만 안간힘을 써도 저를 앞질러 나간 아이들을 이젠 따라잡을 수 없었다. 그나마 상위권 성적을 유지하는 것도 선우는 힘에 부쳤다.

"날 보고 어쩌라고!"

담뱃불이 손가락에 닿을 듯 타들어 가는 것도 잊고 선우가 혼잣말하고 있을 때였다. 선우가 흠칫 놀라며 담배를 내던졌다. 숨소리를 들킬세라 담벼락에 기댄 채 숨을 참았다. 저벅저벅, 발소리가 점점 가까워지고 있었다.

"누구야?"

그나마 선우가 인기척을 낼 수 있었던 건 저보다 몸집이 작은 사람이라는 걸 알아차렸기 때문이었다. 하지만 아무 대답 없이, 너 따위는 신경도 쓰지 않는다는 듯 저벅저벅 발소리가 계속 들려왔다. 선우가 이맛살을 찌푸리며 앞을 바라봤다. 그리고 저도 모르게 한 걸음 앞으로 나아갔다. 도대체 누구인지 확인하려고 미간을 잔뜩 찌푸렸다.

"지유?"

"응, 나야."

놀란 선우에 반해 지유 목소리는 되레 편안했다. 선우가 와 있는 것을 알고 있었다는 듯한 목소리였다.

"…."

선우는 발소리의 정체가 지유임을 확인하고도 어이가 없어 아무 말 하지 못했다.

"내가 말했잖아. 이젠 내 아지트도 된다고."

선우 옆으로 다가온 지유가 당연한 일이라는 듯 무심히 말 했다.

"그렇긴 해도 좀 당황스럽다."

선우는 저를 놀라게 한 사람이 지유라서 다행이면서 한편 으론 불안했다. 비 오는 밤, 막다른 골목을 찾은 이유가 무엇일 까? 둘이 헤어지고 몇 시간밖에 지나지 않았는데 왜 이곳에 다 시 온 걸까? 지유가 쭈그려 앉자 선우도 지유 곁에 쭈그려 앉 았다.

"담배 하나 줘."

"뭐?"

"담배 냄새나거든."

"너 갯과냐? 무슨 냄새를 그렇게 잘 맡아?"

"네가 담배 급하게 끄는 것도 다 봤거든. 얼른 내놔, 담배."

"뻔뻔하네."

선우가 담배 한 개비를 건네 불을 붙여 주자 지유가 제법 능숙하게 한 모금 빨았다. 어이가 없어 선우가 킥킥대며 웃는데, 캑캑 자지러질 것처럼 지유가 마른기침을 뱉어 냈다. 선우가 지유 등을 두드렸다.

"야, 아프거든. 그만해, 캑캑캑."

지유가 등을 움칠거리더니 무릎 사이로 고개를 처박았다.

"그만하라고."

등을 더 오그라뜨리며 지유가 다시 말했다. 지유 목소리 끝에 흐느낌이 묻어 있었다. 선우는 지유 등을 너무 세게 두드렸나 싶어 놀랐다. 울음을 참느라 지유 등이 들썩거렸다. 지유가 버린 담배가 제 몸을 다 태우지 못하고 금세 꺼져 버렸다. 선우는 어떻게 해야 할지 몰라 그저 가만히 앉아 있었다.

"갈 데가… 없었어."

고개를 든 지유가 한참 만에 말했다. 선우는 지유 목소리가 암담하게 느껴져 무슨 일이냐고 묻고 싶은데도 묻지를 못했다.

"고양이를 찾아야 하는데…."

시작도 없고 끝도 없는 말에 선우는 계속 아무 말도 하지 못했다.

"고양이를 꼭 찾아야 해. 도와줄 수 있지, 선우야?"

지유가 고개를 돌려 선우를 바라봤다. 빗물인 듯 눈물인 듯 지유 얼굴이 흥건하게 젖어 있었다. 선우는 고개를 크게 끄덕였다. 왜 도와야 하고 무엇을 도와야 하는지 묻지도 않고, 그저 고개를 끄덕였다. 선우는 물을 필요가 없다고 생각했다. 지유가 도와 달라면 무조건 도와야 한다고 생각했다. 지유가 흠칫 몸을 크게 한 번 떨었다.

"가자, 데려다줄게."

지유가 바람에 떨고 있고, 늦으면 지유에게 좋지 않은 일이 벌어질 것 같아 꺼림칙했다. 선우가 먼저 일어나 움직일 생각이 없어 보이는 지유 팔을 잡아당겼다. 지유가 잡아당기는 대로 스르르 끌려 올라왔다. 다행히 비는 잦아들었지만 바람이 막다른 골목을 왔다 갔다 했다.

막다른 골목에서 지유 집까지는 금방이었다. 선우는 아쉬웠다. 선우가 지유네 대문 몇 걸음 앞에서 멈춰 서자 지유도 따라 멈춰 섰다.

"들어가, 늦었어."

선우 말을 듣고도 지유가 움직이질 않았다. 어둠 속 더 큰 어둠으로 남아 있는 집을 그저 멍하게 바라보기만 했다. 지나가던 사람이 지유와 선우를 힐끗 쳐다봤다.

"지유야!"

시퍼런 꽃

한 번 더 말하자 그제야 지유가 한 발을 뗐다. 지유가 대문을 향해 천천히 걸어가기 시작했다. 선우 눈엔 대문을 열고 들어가는 지유가 아주 멀리, 별빛조차 없는 어둠으로 빨려 들어가는 것처럼 보였다. 지유야, 다시 나와! 하마터면 소리칠 뻔했다. 지유 발걸음 소리가 사라질 때까지 선우는 대문 밖에 서 있었다.

# 아지트에서 만나

지유는 급식실에 혼자 앉아 있었다. 아이들과 급식실 구석으로 걸어가던 선우가 휙 몸을 틀더니 지유에게로 걸어왔다.

"점심 먹고 거기로 와."

선우가 내뿜는 입김이 볼에 닿자 지유는 잠깐, 얼굴이 화끈거렸다.

"야, 뭐냐?"

"쟤들 사귀냐?"

"김선우 취향 봐라!"

녀석들이 계속 나불댔지만 상관없다는 듯 선우가 다시 급식실 구석 자리로 가 앉았다. 식판을 든 녀석들이 선우를 향해 뛰어가자 된장국이 사방으로 튀었다. 선우는 고개를 처박고 밥을 먹기 시작했다.

"유후!"

"뭐야, 진도 제대로 나가는 거야?"

밥알 튀듯 녀석들 나불거리는 소리가 계속 들려왔다. 주위 아이들이 지유와 선우를 번갈아 힐끗거렸다. 다른 때 같으면 그저 무덤덤하게 버텼을 텐데 이상했다. 호기심 어린 아이들 시선이 부담스러웠다. 지유는 한 숟가락도 뜨지 않은 식판을 퇴식구에 놓아두고 급식실을 빠져나왔다.

체육관 뒤로 걸어갔다. 건물이 담벼락과 붙다시피 해 학교에서 햇빛이 들지 않는 거의 유일한 장소였다. 두 사람이 걸어가면 어깨가 맞닿을 정도로 담벼락과 건물 사이가 좁았다. 왜 오라는 걸까? 지유는 선우가 아지트로 부른 이유가 궁금했다.

팔을 벌리고 걷자 담벼락과 체육관 벽이 손에 와 닿았다. 똑같은 시멘트 벽처럼 보이는데도 양쪽 손끝의 느낌이 달랐다. 지유는 팔을 벌리고 좁은 길 끝에서 끝까지 왔다 갔다 걸으며 선우가 저를 부른 이유를 생각했다. 문득 오늘 아침, 젖은 땅에 선명하게 찍혀 있던 고양이 발자국도 떠올랐다. 선우가 저를 도와주기 위해 아지트로 불렀다는 확신이 문득 들었다. 지유의 이야기를 더 듣고 계획도 짜야 하는데, 녀석들이 빤히 보는 앞에서는 머리를 맞대고 있을 수 없었을 것이다!

지유는 당장 좁은 길을 빠져나와 본관을 향해 뛰어갔다. 한 달음에 본관 계단을 뛰어 올라간 지유가 2층 창고 문을 확 열어

116

젖혔다. 지유는 마음이 급해졌다.

도대체 선우는 어디 있었던 걸까? 선우가 숨어 있는 곳 아니 숨어 있던 곳을 가늠하려고 주위를 둘러보는데 책상과 의자무더기가 보였다. 가까이 다가가서 보니 암막 커튼을 누르는 듯 의자 두 개가 어깨를 나란히 하고 있었다. 지유가 허리를 굽히고 의자 사이를 들여다봤다. 의자 다리 사이로 구멍 같은 것이 보여 의자를 치웠다. 뻥 뚫린 공간이 드러났다.

급식실이나 과학실에서 쓰는 큰 책상이 제법 널찍한 공간을 만들어 주고 있었다. 큰 책상 위에 작은 책상과 의자들이 얼기설기 벽돌처럼 공간을 채웠다. 지유가 안으로 기어들어 갔다. 손을 뻗어 밀쳐 둔 의자를 다시 끌어당기자 처음처럼 닫힌 공간이 됐다. 꽤, 아늑했다.

몇 날 며칠 여기 있어도 모르겠는걸! 지유가 벽에 등을 기대고 앉아 다리를 뻗었다. 다리를 다 뻗을 수는 없지만 무릎을 어느 정도 굽혀 앉아 있을 수는 있었다. 선우가 이 공간에서 뭘할지 궁금했다. 나라면… 나라면…. 지유가 한참 생각에 빠져 있는데 드르륵 문이 열렸다. 발걸음 소리가 뚜벅뚜벅, 지유 가까이로 다가왔다.

"야, 너 뭐냐?"

선우였다. 의자를 밀치고 들어오려다 말고 선우가 투덜거렸다. 목소리는 낮았지만 몹시 놀란 말투였다. 지유가 제 아지트, 저만의 공간에 쳐들어와 있으리라고는 아예 상상도 못 한 것 같았다.

"들어와. 네가 쓰라며."

"여긴 아니거든."

"침 발라 놨니? 저긴 되고, 여긴 안 되게? 들어오기나 해."

입장이 뒤바뀌었다는 생각이 들었다. 지유가 선우 몰래 픽 웃었다. 선우가 엉덩이를 바닥에 깔고 기어들어 왔다.

"실은 여기 구경시켜 주려고 창고로 부른 거야."

지유에게 닿지 않으려고 어깨를 한껏 움츠리며 선우가 말했다. 워낙 좁은 공간이라 옴짝달싹하기가 힘이 들었다. 다리를 쭉 뻗을 수 없는 구조여서 책상 지지대에 발을 올려야 했다. 네 개의 무릎이 공중에 떠 있는 것처럼 보였다. 지유는 숨이 닿을 만한 거리에 선우와 있는 게 어색해 괜히 무릎을 흔들거렸다. 그런데 한쪽 귀로 뭐가 쏙 들어왔다. 이어폰이었다.

"그리고 이것도 들려주고 싶었지."

선우 목소리를 밀어내며 음악이 흐르기 시작했다.


비 오고 눈이 오는 것에

늘 걱정이던 내 작은 방

외로운 마음에 널 불러 보지만

아무 소리도 들리지 않아

입술 사이로 새 나오는

보잘것없는 내 한숨

그리워, 그리워.


박자를 맞춰 주는 드럼과 말하듯이 부르는 노랫소리. 헉, 지유는 숨이 막혀 왔다. 명치에 머물러 있던 뜨거운 기운이 목구멍을 치고 올라왔다. 울컥, 눈물이 나오려 했다.


우리는 왜 이렇게 작은 걸까

하루하루가 내겐 너무 큰 짐이야

가지 못하겠어서, 더는 못 가겠어서

멈춰 선 날 보면 너는 뭐라고 할까

하루하루가 내겐 너무 큰 짐이야

긴긴밤 버티면 괜찮다고 다들 말하지만

아침이 되면 정말 괜찮아지는 걸까

아직도 난 너무 작은데

하루하루가 내겐 너무 큰 짐이야.


노래가 지유에게 말을 걸어 왔다. 노래가 지유를 어루만졌다. 어두워서 다행이었다. 지유는 삐져나온 눈물을 코를 만지는 척 얼른 닦았다.

"이 가수 누구야?"

"고니. 고니의 '작은 아이'라는 노래야. 내가 제일 좋아하는 노래!"

"고니가 뭐야? 사람 이름이야?"

"와, 무식이 쌈 싸 먹겠다. 고니도 몰라?"

서운한 마음에 지유가 선우를 노려봤다. 선우가 당황한 듯 어깨를 으쓱거렸다.

"백조의 순우리말. 설마 백조도 모른다고 하진 않겠지?"

"알거든. 잘난 척하기는. 근데 백조가 노래 진짜 잘 부른다."

"하, 고니라니까 고니. 백조 아니라고!"

선우가 어처구니없다는 표정을 지으며 다시 지유 귀에 이어폰을 꽂았다. 지유가 무릎을 당겨 와 팔을 올리고 한 손으로 턱을 받쳤다. 다시 음악이 흘렀다.


잊지 않았죠, 우리 함께 떠나기로 한 길

푸른 물결 거세지기 전에 함께 떠나기로 한 길

나는 꿈꿔요, 당신과 함께 걷는 길

바다 건너 늘 당신과 이야기하던

푸른 물결 넘실대는 온종일 해가 떠 있는 그곳

벌써 당신을 위해 꽃마차를 준비했어요

마차를 타고 별나라, 꿈나라로 떠나요

우리 함께 두 손 꼭 맞잡고

따뜻한 별나라, 꿈나라로 여행을 떠나요.


흥겨운 노래였다. 지유는 마음이 들썩거렸다. 고니가 준비한 마차를 타고 별나라, 꿈나라로 가는 상상을 했다. 이 노래를 들으면서 잠이 들면 꿈속에서 선유를 만날 수 있겠다는 생각이 들었다. 선유 생각을 하자 슬퍼졌다. 힘이 빠지자 무릎이 저절로 무너졌다. 선우 무릎에 지유 무릎이 닿았다. 지유 얼굴이 대번에 달아올랐다. 지유는 선우에게 들킬세라 무릎 사이에 얼굴을 파묻었다. 슬프고 부끄러웠다.

"울지 마라. 여기서는 담배 못 피운다. 그리고 너, 담배도 못 피우면서 아까운 담배 함부로 뜯어 가지 마. 알겠지?"

가라앉은 마음이 선우 너스레에 추슬러졌다. 여태껏 이런 위로를 받아 본 적이 없었는데 큰 위로를 받았다는 생각이 들자 저도 선우에게 뭐라도 나눠 주고 싶었다. 지유가 천천히 입을 열었다.

"내 동생 선유에겐 고양이가 유일한 친구였어. 그래서 나한테도 고양이가 소중해."

지유가 제 이야기를 하기 시작했다. 공원에서 그랬던 것처럼 선우는 아무 말도 하지 않고 지유 말을 그냥 들었다.

"고양이가 그렇게 좋아? 그냥 길고양인데? 어느 날 선유에게 물었어. 그랬더니 쪼그만 선유가 나를 올려다보며 그러더라. 언니, 고양이가 야옹야옹 울잖아. 고양이가 우는 걸 듣고 있으면 엄마 품이 생각나. 내가 아기였을 때 나도 엄마 품에 안겨 고양이처럼 울었을 것 같아."

고작 며칠 만난 사이인데 아무에게도 하지 않은 이야기를 왜 이 아이에게 주절거리고 있는 걸까. 한번 시작한 이야기가 방바닥에 쏟아진 물처럼 계속 흘러나왔다. 지유가 얼굴을 문질렀다. 아무것도 바르지 않은 얼굴이 까슬까슬했다.

"엄마가 데리러 온다는 날이었어. 우린 청소년 쉼터에서 지내고 있었거든. 어두워지기 시작하자 난 엄마가 오지 않을 걸 알았어. 매번 그랬으니까. 그런데 선유는 그날따라 내 말을 도통 듣지 않았어. 꿈에서 엄마가 꼭 데리러 온다고 했다며 가방에 제 물건들을 다 챙겨 넣고는 온종일 메고 다녔어. 고양이도 데리고 갈 거라며 마당에 나갔어. 나는 선유가 그러건 말건 놔뒀어. 그러는 선유가 싫고 귀찮았거든."

지유는 고개를 무릎 사이에 묻고 한참을 가만있었다. 선우는 시간이 꽤 많이 흐른 걸 느꼈다. 곧 5교시 준비 종이 울릴 터였다.

"난 그런 일이 벌어질지 몰랐어. 알았다면 선유가 하는 이야기를 들어줬을 거야. 그랬으면 선유가 내 곁에 있었을 테고, 그러면…"

띠리리링, 띠리리링. 잠을 깨우는 새벽 알람처럼 준비종이 요란하게 울렸다. 지유 이야기가 끝나지 않았지만, 선우는 이야기를 다 들은 기분이었다. 지유에겐 고양이가 선유였다. 지유가 고양이를 키울 수 있도록 어떤 일이라도 해야 한다는 생각이 들었다.

"고양이 찾을 수 있어?"

시간이 없었다. 선우가 재촉하듯 물었다. 지유가 바로 고개를 끄덕였다.

"그럼 6시에 봐, 너희 집 앞에서. 고양이 데리고. 알았지?"

지유가 다시 고개를 끄덕였다. 지유 눈망울에 눈물이 그득 고였다.


4시 30분, 수업 끝나기 무섭게 지유가 집을 향해 달려갔다. 6시에 선우를 만나기로 했으니 고양이를 찾을 시간이 별로 없었다. 여태 젖어 있는 땅에 발자국이 찍혀 있었다. 그나마 다행이었다. 고양이가 그리 멀리 가지는 않은 듯했다.

다행히 엄마는 집에 없었다. 지유는 가방을 벗을 생각도 하지 못하고 고양이부터 찾기 시작했다. 마당과 집 뒤, 한꺼번에 내놓으려고 모아 둔 재활용 상자 안과 창고까지 샅샅이 뒤졌다.

헛수고였다. 벌써 5시 45분. 고양이를 찾다 지친 지유가 마당 수돗가, 물이 넘치지 못하게 만들어 놓은 시멘트 턱에 주저앉았다. 도대체 고양이한테 무슨 짓을 한 거야? 어떻게 했기에 얼씬도 안 하는 거야? 머릿속으로 엄마가 고양이에게 했을 오만 짓이 상상되는 순간, 지유는 눈을 감아 버렸다. 그때였다.

"야옹, 야옹."

익숙하고도 반가운 소리에 지유가 눈을 번쩍 떴다.

"어디 갔다 왔어? 언니가 계속 찾았잖아."

가까이 다가온 고양이를 지유가 번쩍 들어 꽉 끌어안았다. 답답한지 고양이가 버둥거렸다.

"가자."

5시 58분, 시간이 없었다. 고양이를 안은 지유가 대문을 열었다. 담벼락에 기대어 서 있던 선우가 대문 열리는 소리에 고개를 돌렸다. 지유가 선우를 향해 뛰듯 걸어갔다.

"얘야?"

선우가 물었다. 지유 품 안에 있는 고양이를 쓰다듬자 고양이가 으르렁대며 바짝 성을 냈다. 선우가 다시 쓰다듬으려 손을 내밀자 고양이가 폴짝 뛰어 지유 품을 벗어났다.

"괜찮아, 괜찮아. 이 오빠가 좀 껄렁거리긴 해도 나쁜 사람은 아니란다. 괜찮아, 나비야."

지유가 고양이를 쫓아갔다. 지유와 함께 뛰는 가방이 등에서 달랑거렸다.

"야, 나 껄렁껄렁 아니거든."

선우도 지유를 따라 뛰기 시작했다. 선우 가방도 막 달랑거렸다.

벌써 저만치 도망간 고양이가 지유와 선우를 기다리기라도 하듯 우두커니 서 있었다. 지유가 고양이에게 이리 오라고 손짓했다. 그때 갑자기 고양이가 으르렁, 크게 울었다. 온몸의 털이 바짝 곤두서 있었다. 지유가 고개를 돌려 자연스레 고양이 시선 끝을 바라봤다. 엄마였다. 엄마가 언덕배기를 내려오고 있었다. 지유가 냅다 달려 고양이를 안았다.

"왜 그래, 지유야?"

지유의 갑작스러운 움직임에 선우가 물었다.

"엄마가 우릴 봤을 수도 있어!"

지유 말에 선우가 뒤를 돌아봤다. 검은 옷을 입은 지유 엄마가 이쪽을 향해 걸어오고 있었다. 선우는 순간, 지유 엄마와 눈이 마주쳤다고 생각했다.

지유 발이 점점 빨라졌다. 선우가 지유 손을 덥석 잡고 달리기 시작했다. 지유는 고양이를 놓치지 않으려고 고양이를 끌어안은 손에 힘을 더 꽉 줬다.

"우리 아파트로 가자. 경비 할아버지가 도와주실 거야!"

"무작정?"

"아니야, 분명 도와주실 거야!"

정신없이 달려온 지유와 선우가 아파트 정문을 통과해 경비실을 향해 뛰어갔다.

할아버지는 경비실 안에서 밥을 먹고 있었다. 인기척에 할아버지가 고개를 들어 밖을 내다봤고, 할아버지와 눈이 마주친 선우가 고개를 까닥했다.

"뭔 일이여?"

할아버지가 경비실 밖으로 나왔다. 할아버지가 고개를 길게 빼더니 선우 뒤, 어깨를 움츠리고 있는 지유를 바라봤다. 지유 품에 안긴 고양이를 발견한 할아버지가 경비실 문을 활짝 열었다.

"어여 들어가, 어여. 부녀회장 눈에 띄면 큰일 난다, 큰일."

지유와 선우가 안으로 들어가자 할아버지가 경비실 문을 닫았다. 밖에서 보이지 않게 지유와 선우에게 안쪽으로 들어가 앉으라고 했다. 콧등까지 흘러 내려온 안경 너머, 할아버지 눈이 고양이에게 붙박여 있었다.

"그려. 부녀회장 눈에 걸리지 않게 내가 잘 거둬 줄 것잉께 걱정하지 말어. 그래도 아침저녁으론 한 번씩은 와서 들여다봐야 헌다."

사정을 전해 들은 할아버지가 고양이를 품에 안으며 말했다. 할아버지 품에 안긴 고양이가 그렁그렁 콧소리를 내더니 금세 잠이 들었다. 신기했다. 안심이라는 듯 선우가 지유 손을 꼭 잡자 할아버지가 둘의 모습을 흐뭇하게 바라봤다.

할아버지가 헌 옷 수거함에서 옷을 가져와 경비실 안쪽 깊숙한 곳에 고양이 자리를 만들었다. 지유와 선우는 고양이가 옷 무더기 위에 똬리를 틀고 잠이 드는 걸 지켜본 뒤 경비실을 나왔다.

"내 능력 봤지? 내가 원래 이런 사람이거든."

"치, 그래도 고맙긴 하네."

집에 바래다주려고 선우가 지유와 함께 아파트 정문을 향해 걸어가고 있었다. 선우가 갑자기 우뚝 멈춰 섰다. 맞은편, 두 사람을 향해 누가 걸어오고 있었다. 덩달아 멈춰 선 지유는 저도 모르게 몸을 움츠렸다. 지유는 다가오는 사람이 선우 엄마라는 것을 대번에 알아차렸다. 이목구비는 물론이고 풍기는 분위기까지 선우와 무척 닮아 있었다. 나쁜 짓을 하다 들킨 것처럼 지유는 가슴이 마구 두근거렸다.

"선우야, 왜 여기 있어? 학원에 있어야 할 시간이잖아."

선우가 대답을 못하고 지유를 바라보자 선우 엄마도 지유를 바라봤다.

"여친?"

선우 엄마가 살짝 웃으며 물었다.

"아냐, 엄마는 왜 그런 말을 해!"

선우가 목소리를 높이더니 손사래를 쳤다. 선우 엄마가 큭 소리를 내며 웃었다. 지유는 선우 엄마 웃는 얼굴이 참 예쁘다고 생각했다. 잔뜩 움츠렸던 마음이 얼음 녹듯 풀렸다. 그제야 지유는 선우 엄마를 향해 고개를 숙였다. 선우 엄마가 한 걸음 앞으로 걸어오더니 지유 머리를 쓰다듬었다. 지유는 깜짝 놀랐다.

"우리 선우 여친, 눈이 참 예쁘네."

지유는 선우 엄마의 모든 것이 따뜻하게 느껴졌다. 지유를 바라보는 눈길, 지유를 쓰다듬은 손, 조심스레 건네는 칭찬까지 모두 모두 따뜻했다. 이런 따뜻함을 느껴 본 적이 없다는 생각에 눈물이 핑 돌았다. 선우 엄마가 지유를 보며 활짝 웃었다.

서로에게 집중하느라 세 사람은 행복 아파트 정문 돌기둥 뒤에서 지유 엄마가 훔쳐보고 있다는 것을 알지 못했다. 찬바람이 사방으로 퍼져 나가고 있었다.

# 바로 지금

"쟤들 아침부터 왜 저래?"

"사귀는 거 맞네. 딱 달라붙어 있잖아."

"근데 둘이 어울리기나 하냐?"

"김선우, 봉사 활동을 저런 식으로 하네, 낄낄."

거슬리고 신경 쓰였지만, 선우는 무시했다. 대꾸하면 녀석들이 더 난리를 칠 게 뻔했다. 지유도 녀석들이 은근 신경 쓰이는 눈치였다. 선우와 이야기를 나누면서도 자꾸 녀석들을 힐끗거렸다.

학교가 끝나면 선우는 지유와 늘 함께 집으로 향했다. 녀석들이 놀리건 말건, 주위 아이들이 힐끗거리건 말건 신경 쓰지 않기로 단단히 마음먹었다. 어차피 지유가 고양이를 보러 갈 텐데 앞서거니 뒤서거니 아닌 척하고 가는 게 선우는 오히려 더 피곤한 일이라고 생각했다.

"선우야, 고양이한테 간식 너무 많이 주지 마. 너처럼 살찐단 말이야."

"내가 안 줬거든. 우리 엄마가 준 거거든. 난 소식가야."

선우 말에 지유가 픽, 웃었다.

선우에게 지유 고양이 이야기를 들은 선우 엄마는 선우보다 더 열심히 고양이를 보살폈다. 고양이에게 생선이나 과일을 가져다주는 일이 엄마에겐 가장 중요한 일과가 되어 버렸다. 선우는 요 며칠 엄마 얼굴이 밝아서 기뻤다. 엄마와 비밀을 나눠 갖게 돼 기분이 아주 좋았다. 아빠는 여전했지만, 지유와 엄마 그리고 고양이 때문일까? 아빠가 쳐 놓은 팽팽한 외줄 위에서 위태롭게 버티고 있는 기분이 들진 않았다. 선우는 아빠 기분이 상하지 않도록 공부하는 척, 말 잘 듣는 척을 하며 눈치껏 행동했다. 평화로움이 어떤 느낌인지 모처럼 만끽하는 나날이었다.

"오늘이나 내일 사료 사야 할 것 같아."

"지금 사러 가자."

"안 돼, 사료 사서 오면 너무 늦어. 집에 일찍 가야 해."

"네 고양이잖아."

지유가 집에 일찍 가려고만 하니 선우는 괜히 짜증이 났다.

"미안한데, 오늘이나 내일 네가 사. 아니면 너희 엄마께 부탁하든지. 돈은 내가….”

“돈이 문제가 아니고…. 왜 넌 사러 못 가는데?”

짜증 때문에 속에 없는 말을 하니 더 짜증이 났다. 지유는 대꾸하지 않았다. 선우가 지유 얼굴을 힐끗 훔쳐봤다. 지유 얼굴이 어두웠다. 그러고 보니 요 며칠 지유가 이상하긴 했다. 지유는 고양이를 보러 아파트로 걸어가면서도 주위를 살폈고, 학교에서도 힘이 하나도 없었다. 원래 수다스럽진 않아도 둘이 있을 땐 선우보다 더 많이 조잘조잘, 제 이야기를 하곤 했는데 말이다. 무슨 일이 있냐고 묻고 싶었지만 선우는 물어보지 못했다. 선우가 도와줄 수 있는 일이면 지유가 진즉 이야기했을 거라는 생각이 들었기 때문이었다. 그래도 답답한 마음은 어쩔 수 없었다. 문득 어제 일이 생각났다.

학교 끝난 뒤 지유와 함께 고양이를 보러 왔는데, 엄마가 경비실에 와 있었다. 엄마가 고양이에게 사과를 먹이고 있었다. 지유를 본 엄마가 손에 들고 있던 사과 조각을 지유에게 건넸다. 지유가 건네받은 사과 조각을 고양이에게 먹였다. 와삭와삭 씹는 모습이 귀여운지 지유가 쭈그려 앉은 채 한참 고양이만 바라봤다. 그런 지유를 선우 엄마가 말없이 보고 있었다. 얼마나 뚫어지게 지유를 보는지 선우는 약간 민망했다. 선우가 엄마 옆구리를 쿡 찔렀다.

“지유 집에 무슨 일 있대? 지유 얼굴이 너무 어둡더라.”

지유를 보내고 집으로 올라가고 있었다. 잘 모르겠다는 대답에 엄마가 아무 말 없이 고개를 끄덕였다. 엄마 말 때문일까? 띵, 엘리베이터 도착 음이 울리자 선우는 지유에게 분명 무슨 일이 생긴 거라고 확신했다.

선우가 지유 팔을 낚아채듯 붙잡았다. 지유 옷소매를 걷자 색색이 섞여 거의 검은색이 돼 버린 멍이 손목까지 내려와 있었다. 지유 팔을 붙잡은 채 선우가 지유를 바라봤다.

"지유야?"

"상관 마."

선우 손에서 팔을 빼내며 지유가 차갑게 말했다.

지유가 선우 손에 사룃값을 쥐여 줬다. 굳게 닫힌 지유 입을 바라보다 선우는 더는 아무것도 묻지 못했다. 행복 아파트 정문을 나서는 지유 뒷모습이 돌덩어리처럼 무거워 보였다.

다음날이었다.

"먼저 가. 나 오늘 당번이야."

지유 목소리에 힘이 하나도 없었다. 선우는 불안했다. 물감을 뿌려 놓은 듯 지유 팔에 번져 있던 멍 자국이 생각났다. 지유에게 무슨 일이 있냐고 묻던 엄마 목소리가 떠올랐고, 힘없이 아파트 정문을 나서던 지유 뒷모습도 생각났다.

제 말만 하고 교실 뒤로 간 지유가 청소함에서 밀걸레를 꺼

냈다. 들 힘조차 없는지 걸음을 뗄 때마다 밀걸레 자루가 지유 머리통을 툭툭 쳤다. 지유가 교실 뒷문을 드르륵 열었다.

"지유야!"

부르는 소리를 들었으련만 지유는 뒤돌아보지 않았다. 뚜벅뚜벅, 발걸음 소리만 들릴 뿐이었다. 선우가 벌떡 일어나 가방을 둘러멨다. 지유가 열어 놓고 간 청소함 문이 덜렁덜렁 저 혼자 춤을 추고 있었다. 청소함 문을 닫은 선우가 복도를 내다봤다. 작정하고 사라진 것처럼 지유는 보이지 않았다.

"좀 비켜 줄래?"

생각에 빠져 마냥 서 있는데, 뒤에서 누가 선우 어깨를 툭 치며 지나갔다. 그제야 선우도 교실 밖으로 걸어 나왔다.

선우는 집으로 가는 내내 지유만 생각했다. 불안하고 불길한 생각이 꼬리를 물고 이어져 선우는 제가 어디까지 왔는지도 몰랐다. 문득 고개를 들어보니 어느새 행복 아파트 경비실 앞이었다.

"지유는 안 오고?"

"당번이에요. 사료는 엄마가 사다 놓겠다고 했는데."

"그려, 아까 사 오셨더구먼. 근데 말이여, 허 참….."

쭈그려 앉아 고양이 배를 만져 주던 선우가 고개를 들었다. 할아버지가 선우를 못 본 척 뒷짐을 지고 돌아섰다. 선우가 일어나 할아버지 앞에 서자 할아버지가 흠, 흠 헛기침을 해 댔다.

"무슨 일 있어요?"

"그것이 그렇게 일이 고약하게 돼 버렸구먼."

천천히 걸어가는 고양이 배가 축 늘어져 있었다. 어디가 아픈 건 아닐까? 선우는 한 번쯤은 병원에 데려가 이것저것 물어봐야겠다는 생각을 하며 고양이를 내려다봤다. 잠자리로 간 고양이가 똬리를 틀더니 이내 잠이 들었다.

"그래도 너한테 알려는 줘야겠지? 지유 엄마가 언제 또 들이닥칠지 모를 일이니 말이여."

"지유 엄마요?"

"그려, 너랑 너희 집에 대해 꼬치꼬치 캐물어서 아무 말도 안 했는디, 경비실에 있는 괭이를 보더니…."

지유 엄마가 찾아온 모양이었다. 고양이를 보더니 지유 고양이라며 얼굴색이 싹, 변했다고 했다.

"엄마가 싫어해서 집에서 못 키운다고 합디다. 내가 잘 키우고 있응께 걱정하지 마쇼. 지유도 매일 꼬박꼬박 와서 괭이랑 놀다 간당께라."

할아버지가 지유 엄마에게 한 말을 그대로 들려줬다. 그런데 느닷없이 지유 엄마가 소리를 질렀다고 했다. 사람들이 몰려들었고, 몰려든 사람들 가운데 부녀회장도 있었다고 했다.

"애먼 소리를 막 해 대는디…."

고양이로 자기 딸을 꾀는 늙은이라며 가만두지 않겠다고

지유 엄마가 소리소리 질렀다고 했다. 부녀회장이 나서서 고양이를 내다 버리는 것으로 상황이 마무리되었지만, 지유 엄마가 확인하러 다시 오겠다고 했으니 이 노릇을 어쩌냐며 할아버지가 난감해했다.

"니그 엄마한테 물으니 우선은 지유랑 선우 이야기를 들어 보자고 하시대. 허 참, 이 나이 먹어 이런 험한 꼴을 당할지 누가 알았었어? 그래도 난 괜찮은디 지유는 어쩐다냐?"

할아버지가 혼잣말처럼 중얼거리는데 발걸음 소리가 들려왔다.

"할아버지, 안녕하세요?"

지유였다. 할아버지가 선우를 보며 손 막대를 세웠다.

"우리 나비 잘 있었어? 언니가 오늘 좀 늦었지?"

지유가 경비실 안으로 들어와 고양이를 안았다. 선우가 저도 모르게 정문을 바라봤다. 할아버지도 정문을 보고 있었다. 선우는 지유 엄마가 당장이라도 나타날 것만 같아 불안했다.

"사료 안 샀어."

"응?"

다시 온다고 했으니 지유 엄마가 언제 들이닥칠지 모를 일. 지유와 지유 엄마를 맞닥뜨리게 할 순 없었다. 고양이 사료는 엄마가 사다 놓았지만 사료 핑계로 얼른 이곳에서 벗어나야 했다.

"사료 사러 가야 해. 나 지금밖에 시간 없어!"

선우의 느닷없는 닦달이 당황스러운 듯 지유가 선우를 빤히 바라봤다. 선우가 지유 품에 안겨 있는 고양이를 냅다 뺏어 안았다. 선우가 왼손으로 고양이를 받쳐 안고 오른손으로 지유 손목을 붙잡았다. 지유가 중심을 잡지 못하고 잠깐 휘청거렸다. 끌어당기는 힘에 터덕거리며 지유가 딸려 왔다. 할아버지가 지유에게 어서 따라가라며 손짓을 해 댔다.

"천천히 가!"

두어 걸음이 서너 걸음으로 벌어지고, 서너 걸음이 대여섯 걸음으로 벌어졌다. 앞서 걷는 선우를 따라잡느라 지유는 헉헉거렸다. 선우는 지유 집이 있는 오르막길을 향해 걸어가고 있었다.

"왜 그쪽으로 가?"

사료 가게는 지유 집 반대 방향인 골목 시장 안에 있었다. 소리를 쳐도 선우는 들은 척도 하지 않고 걸어갔다. 지유가 토끼처럼 뛰어 선우를 따라오고 있었다.

미리 생각해 둔 것은 없었다. 선우는 그저 지유가 고양이를 계속 키울 수 있게 해야 한다는 생각뿐이었다. 큰길에 들어서자 신호등이 기다렸다는 듯 초록색으로 바뀌었고, 선우는 횡단보도를 건너며 신창 공원을 떠올렸다. 고양이를 며칠만이라도 공원에 숨기겠다고 생각했다. 상자를 구해 고양이 집을 만들어

주면 돌아다니다가 들어와 잘 테고, 사료는 선우와 지유가 번 갈아 가져다주면 되니 지금으로선 그만한 곳이 없었다.

"왜 이리 와? 왜 이러는 건데?"

선우가 신창 공원으로 들어서자 지유가 헉헉거리며 뛰어와 선우 옆에 섰다. 지유 목소리가 날카로웠다. 선우가 벤치로 가 앉았다. 여태 선우에게 잡혀 있던 고양이가 폴딱 뛰어 품을 벗 어났다. 지유가 선우 곁에 앉자 잔뜩 골이 난 고양이가 지유 품 에 안겨 계속 으르렁거렸다.

"당분간 고양이 여기 두자."

"왜?"

콧등을 찌푸리며 묻더니 지유가 더는 묻지 않았다. 입술을 꽉 깨물고 있던 지유가 손톱을 자근자근 물어뜯었다. 선우는 이 상황을 어떻게 설명해야 할지 난감했다. 무슨 말을 어떻게 해야 지유가 상처받지 않을까? 머리를 짜내느라 선우 또한 아 무 말을 하지 못했다.

"혹시 우리 엄마 왔었어, 아파트에?"

지유 엄지손톱이 너덜너덜했다. 선우는 지유 손톱이 저런 걸 여태 모르고 있었다. 선우가 대답하지 않자 지유가 고개를 푹 숙였다. 지유 품에 안긴 고양이가 눈을 깜박이며 지유를 올 려다봤다. 지유 이마가 고양이 콧등에 가 닿았다.

"야, 고양이한텐 이런 데가 더 좋아. 다른 고양이도 많이 다니고, 새도 있고. 또 아냐, 밤엔 쥐라도 한 마리 잡아먹을 수 있을지? 차라리 여기가 지상 낙원일 수 있어. 그렇지, 나비야?"

선우가 고양이를 쓰다듬자 고양이가 눈을 번쩍 뜨고 앞발로 할퀴는 시늉을 했다. 선우는 고양이에게 제대로 된 이름을 지어 줘야겠다고 생각했다.

"그래, 그럴지도 모르겠다."

지유 목소리가 너무 작아서 선우는 바람 소리인가 했다.

"살고 싶은 데서, 마음 편한 데서 살면 훨씬 더 좋겠지?"

지유도 그랬다.

쉼터 엄마가 엄마 곁으로 돌아가라고 한 날, 엄마 손에 이끌려 집으로 다시 돌아온 그날, 지유는 견딜 수 없도록 매를 맞았다. 숨이 제대로 쉬어지지 않아 구석에 웅크리고 있는데, 엄마가 무릎걸음으로 다가왔다.

"지유야!"

엄마가 지유를 불렀다. 지유는 그 순간에도 더 이상 맞지 말아야 한다고 생각했다. 아니, 살아야 한다고 생각했다. 그래서일까? 숨 쉴 힘도 없는데 고개가 번쩍 들렸다. 네, 라고 대답하고 싶은데 목소리가 나오지 않았다.

"지유야!"

엄마가 더 바짝 다가와 웅숭그리고 앉아 있는 지유를 향해 팔을 뻗었다. 무서웠다. 지유는 엄마가 제 목을 조르지 않을까 두려웠다.

"미안하다, 지유야."

엄마의 이 한마디가 아니었다면 지유는 살기 위해 뛰쳐나 갔을지 모른다.

"지유야, 미안해. 너밖에 없는데, 이제 나한텐 너밖에 없는 데…."

지유를 안은 엄마가 울기 시작했다. 엄마가 울 때마다 엄마 젖가슴이 지유 가슴에 닿았다. 엄마가 울음을 뱉어 낼 때마다 엄마 젖가슴이 지유 가슴 위에서 출렁거렸다.

젖가슴 때문이었다. 지유도 울기 시작했다. 엄마 젖가슴이 지유 답답한 가슴을 눌러 마침내 울음보가 터져 버렸다. 지유 는 엉엉 소리 내어 울었다.

그날 이후로 지유는 쉼터 엄마 말처럼 엄마 곁을 지켜야 한 다고 생각했다. 엄마를 떠날 수도 없고, 떠나서도 안 된다고 생 각했다. 살고 싶은 데가 아니라, 마음 편한 데가 아니라 엄마 곁 에서 살아야 한다고 생각했다. 힘이 들 때마다 지유는 그날을, 따뜻했던 엄마 젖가슴을 떠올리곤 했다.

"지유야!"

선우가 부르는 소리에 지유가 고개를 들었다. 지유 얼굴이 너무 어두워서 선우는 가슴이 쿵 내려앉았다.

"우리 엄마는 말이야."

지유가 제 엄마 이야기를 하기 시작했다.

"선유가 차에 치였다는 것만 기억해. 엄마가 오지 않아 선유가 종일 마당에 나가 고양이하고만 있었다는 건 모른 척해. 엄마가 데리러 온다고 한 날마다 차 소리에 뛰어 나갔다는 이야기도 모른 척해. 그날도 자동차 경적이 울렸고 그 소리에 고양이가 뛰어 나갔고 선유도 뛰어 나간 걸 쉼터 사람들 모두 다 알고 있는데, 엄마만 모른 척해. 엄마가 기억해야 하는 건 선유가 죽었다는 사실보다 선유가 엄마를 애타게 기다렸다는 사실인데 말이야."

바람이 속살대는 것처럼 지유가 계속 이야기했다. 그 누구도 지유 이야기를 멈추게 할 수 없었다.

"모른 척하면 기억이 사라질까? 난 안 그러던데. 나는 만날 선유 얼굴이 떠오르고, 선유에게 미안하고, 선유를 지켜 주지 못해 가슴이 너무 아프던데…."

지유가 갑자기 고양이를 가슴에 품었다. 아옹, 아옹, 아옹. 지유 품에 갇힌 고양이가 발버둥을 쳤다. 그래도 지유 마음을 알고 있는 듯 빠져나갈 생각을 하지 않고, 아옹아옹 울어 대기만 했다. 아옹, 고양이가 울 때마다 지유 어깨가 들썩거렸다. 주체할 수 없는지 지유 온몸이 이내 심하게 흔들렸다. 나뭇가지가 바람에 흔들리듯 지유 온몸이 마구 흔들거렸다. 그런데 지유는 소리 한 번 내지 않았다. 아옹, 아옹, 아옹. 고양이 울음소리만 계속 들려왔다.

　선우는 울음소리조차 참아 내는 지유가 안쓰러웠다. 지유야, 소리 내 울어. 그래도 괜찮아. 선우가 팔을 뻗어 지유 어깨를 감쌌다. 안아 주지 않으면, 붙잡아 주지 않으면 나뭇가지 부러지듯 지유 온몸이 부러져 버릴 것 같았다. 괜찮아, 지유야. 괜찮아. 선우가 속엣말을 삼킨 채 지유를 꽉 끌어안았다.

# 괜찮아

"뭣들 하는 짓이야?"

등 뒤에서 벼락같은 소리가 들렸다. 고양이가 지유 품에서 쏜살같이 빠져나갔다. 선우는 지유를 안은 채 고개를 돌렸다. 지유도 머리를 숙인 채로 고개를 돌렸다. 그때였다. 난데없이 나타난 손이 사선을 그으며 지유 뺨을 갈겼다. 쫙 찢어지는 소리가 허공을 갈랐다.

"엄마."

지유가 신음을 뱉듯 말했다.

"머리에 피도 안 마른 것들이….."

지유 엄마가 벤치 뒤에서 부들부들 떨고 있었다. 선우는 말해야 한다고 생각했다. 지유 엄마가 무슨 생각을 하는지 모르겠지만 상황을 설명해야 한다고 생각했다. 그런데 입이 떨어지지 않았다. 부들부들 떠는 지유 엄마를 보자 선우는 불현듯 아빠가 생각났다. 무슨 말을 하든 지유 엄마가 절대 제 말을 믿어주지 않을 거라는 생각도 들었다. 그래도 말해야 해. 지유가 아무런 잘못이 없다는 건 알려 줘야 해. 짧은 순간, 망설임과 낙담 사이를 오가느라 선우는 머리가 터질 것 같았다. 선우가 입술에 침을 묻혔다. 지유를 위해서라면 할 수 있는 건 다 해야 해. 어떻게든 입을 열려고 선우가 안간힘을 썼다. 선우가 마른 입술에 다시 침을 묻혔다.

그런데 지유 엄마가 갑자기 손에 쥐고 있던 휴대전화를 번쩍 들더니 자판을 두드리듯 화면을 마구 두들겨 댔다.

"여기 신창 공원이거든요. 모르는 남자아이가 내 딸을 성추행했어요. 네, 신창 공원…. 내가 봤다고요. 지금 당장 와요."

온몸의 힘이 순식간에 빠져나가는 것 같았다. 이렇게 막무가내로 행동하는 사람에게 도대체 무슨 말을 할 수 있을까. 수렁에 빠진 기분이 들어 선우는 눈을 감아 버렸다.

지유는 제 엄마를 멍하니 보다가 손으로 얼굴을 감싸 쥐었다. 얼굴을 감싼 지유 손가락 사이로 터널과도 같은 길고 긴 한숨이 새어 나왔다. 지유 한숨이 돌덩이가 되어 선우 가슴으로 차 들어오는 것만 같았다. 선우도 고개를 숙여 버렸다. 아무것도 보이지 않았다.

"그러니까 제 말씀을 들어 보세요. 양쪽 부모님 다 시시티브이 보셨잖아요. 이 정도 정황으론 성추행했다고 할 수 없어요. 그리고 여학생이 성추행이 아니라고 하지 않습니까? 그러니 제발 진정하시고, 뭔가 오해가 있는 것 같으니 다들 집으로 가셔서 차근차근 아이들 이야기를 들어 보시죠."

경찰관이 탁 소리가 나게 노트북을 닫았다. 선우 엄마와 아빠 그리고 지유 엄마를 올려다보는 경찰관 얼굴이 무척 피곤해 보였다. 경찰관이 지구대 구석 의자에 앉아 있는 선우와 지유를 힐끗 쳐다봤다.

"당신 아들이…."

"함부로 말하지 마세요."

아빠가 지유 엄마 악다구니를 잘라 냈다. 선우가 턱을 치켜들자 아빠 수염자리가 형광등 불빛에 반짝 빛을 냈다. 아빠 턱이 바르르 떨고 있었다. 아무 말 없이 두 사람을 지켜보고만 있던 선우 엄마가 고개를 돌려 선우와 지유를 애처로운 눈빛으로 바라봤다.

"갑시다."

아빠가 말했다.

"가긴 어딜 가요. 당신 아들이…."

"수고하셨습니다."

지유 엄마를 투명 인간 취급하기로 작정한 듯 선우 아빠가 휙 몸을 틀어 지구대 출입구를 향해 걸어갔다. 유리문을 밀고 나가기 전, 선우 아빠가 멈춰 서서 고개를 옆으로 돌렸다. 선우 아빠가 지유를 매섭게 노려봤다.

"상종 못 할 것들."

지유가 행여 들었을까, 선우는 걱정이 되고 부끄러웠다. 하지만 부끄러움은 온전히 선우만의 몫이었다. 뭐가 그리 당당한지 아빠가 턱을 치켜들고 유리문을 밀고 나갔다. 엄마가 선우를 향해 뚜벅뚜벅 걸어왔다.

"선우야, 가자."

선우는 하마터면 울 뻔했다. 꽉 조여 있다 풀린 나사처럼 모든 감정이 느닷없이 헐거워진 탓이었다. 세상 가장 따뜻한 온도가 있다면 엄마 목소리에서 느낀, 바로 딱 그만큼의 온기일 것이라고 선우는 생각했다. 엄마가 곁에 있어 정말 다행이라고 생각하며 선우가 의자에서 일어서려고 했다.

"지유야, 괜찮아?"

일어서려다 말고 선우가 의자에 다시 앉았다. 엄마가 지유 손을 꽉 붙잡고 있기 때문이었다. 지유는 고개를 들지 않았다. 미동도 없이 마냥 앉아 있어서 선우는 지유 몸을 흔들어 보고 싶은 충동을 느꼈다. 선우 엄마가 몸을 깊숙이 숙여 지유 얼굴을 가만히 들여다봤다.

"넌 혼자가 아니야. 그걸 잊지 마, 지유야."

지유에게만 들리게, 선우에게는 간신히 들릴 정도로 아주 작은 목소리였다. 그런데 지유 엄마가 듣기라도 한 듯 쾅쾅 발소리를 내며 다가왔다.

"당신, 내 딸한테 뭐라고 했어?"

지유 엄마 악다구니가 선우 엄마 머리 위로 쏟아졌고, 선우 엄마가 천천히 몸을 일으켰다. 선우도 엄마를 따라 천천히 일어섰다. 시시한 구경거리라도 되는 듯 경찰관이 따분한 표정으로 책상 너머를 이따금 내다봤다. 선우 엄마와 눈이 마주치자 경찰관이 고개를 까닥 숙이며 인사했다. 선우 엄마도 고개를 숙여 인사했다. 선우 엄마는 지유 엄마에겐 인사를 하지 않았다. 대신 지유 엄마 얼굴을 쳐다보기만 했는데, 뭐라고 한마디 하려던 지유 엄마가 선우 엄마 표정을 보더니 입을 다물었다.

선우와 엄마가 지구대 밖으로 나왔다. 아빠는 가고 없었다. 엄마가 손을 꽉 잡자 선우는 눈물이 나오려고 했다. 선우도 엄마 손을 꽉 잡았다. 지유를 지구대에 두고 온 게 큰 죄를 짓는 듯 마음이 불편했지만 선우가 해 줄 수 있는 게 아무것도 없었다. 집으로 가는 동안 엄마는 선우에게 한마디도 건네지 않았다. 선우는 오히려 그것이 고마웠다.

현관문을 열었다. 센서 등이 켜지기 직전의 어둠은 한 발을 내딛기 힘들 정도로 아뜩했다. 아빠는 어디 갔을까. 온통 어둠에 잠겨 있는 집이 왠지 불길했다. 선우가 안으로 쓱 발을 들이

밀자 등이 켜지며 현관이 밝아졌다. 엄마가 조심조심 거실 안으로 걸어 들어갔다.

"여보."

도화지에 윤곽만 그려 놓은 것처럼 아빠가 소파에 앉아 있었다. 엄마가 팔을 뻗어 스위치를 만지자 딸깍 소리와 함께 거실이 밝아졌다. 엄마가 한 걸음 뒤에 서 있는 선우에게 어서 방으로 들어가라고 눈짓했다.

"서!"

방문 손잡이를 쥐려는데, 등 뒤로 아빠 목소리가 들려왔다. 서 있는데도 서라고 하는 아빠 말이 당장 뒤로 돌아서라는 말처럼 들렸다. 뒤돌아선 선우가 아빠 앞으로 걸어갔다. 선우 대신 엄마가 꼼짝 못 하고 서 있었는데 선우를 할끗거리는 엄마 눈이 불안했다. 몇 초도 안 되는 그 잠깐 사이, 엄마 눈동자가 심하게 흔들렸다. 아빠가 벌떡 일어섰다.

"나쁜 놈, 어떻게 그런 짓을!"

아빠가 대꾸할 틈도 주지 않고 선우를 내려쳤다. 선우는 그대로 나자빠지고 말았다. 아빠 손이 훑고 지나간 자리에서 피가 흘러나왔다. 콧등이 얼얼했다.

"무슨 짓이에요?"

엄마가 주저앉아 선우를 감쌌다.

"애가 이 지경이 되도록 뭘 했어? 도대체 뭘 하고 있었냐고?"

괜찮아

부숴 버릴 작정인 듯 아빠가 엄마 어깨를 우악스럽게 움켜 쥐었다. 엄마를 한참 노려보던 아빠가 어깨를 뒤로 활짝 열어 젖혔다. 순간 어깨에 딸려 간 팔이 날개처럼 아빠 등 뒤로 펼쳐 졌다. 선우는 공중에 붕 떠 있는 아빠 손을 바라봤다. 무지막지 한 저 손이 엄마를 내려치면 어떤 일이 벌어질지 생각만으로도 끔찍했다. 저 손이 엄마 몸에 숱한 상처를 냈으리라 생각하자 온몸에 소름이 돋았다. 선우가 저도 모르게 팔을 치켜올렸다.

"너, 너, 뭐, 뭐 하는 거야!"

선우에게 팔목을 잡힌 아빠가 말을 더듬거렸다. 붙잡힌 손 과 붙잡은 손이 공중에 붕 떠 있었다.

"더는 때리지 마세요. 엄마 몸에 멍 자국을 내면 내가 이 젠…."

아빠 손을 움켜쥔 선우 손아귀에 힘이 들어갔다.

"당, 당, 당장… 놓, 놓지 못, 못해!"

금방이라도 폭발할 것 같던 아빠 얼굴이 샛노래졌다가 이 내 하얘졌다. 심하게 말을 더듬느라 아빠 호흡이 거칠었다.

"너, 너, 이놈의 자식. 이, 이 나쁜 놈의 자식."

선우는 손을 움켜쥔 채로 아빠를 노려봤다. 아빠는 당황한 기색이 역력했다.

사실 선우는 아빠 손을 움켜쥔 순간 슬펐다. 아빠 손이 너무 작고 보잘것없었기 때문이다. 어릴 적 아빠 손은 늘 어린 선우를 지켜 주던 위대한 손이었다. 어디에서든 언제든 나타나, 넘어지는 선우를 일으켜 주고 붙잡아 주던 손. 아빠 손에 제 손을 맡기면 어디를 가도 선우는 불안하지 않았다. 아빠 손은 어린 선우의 당당함이었다.

"선우야!"

등 뒤에서 엄마 목소리가 들려왔다. 선우가 여태 쥐고 있던 아빠 손을 내려놓았다. 주먹을 쥔 채 아빠가 선우를 노려보고 있었다. 아빠 손, 아빠 몸이 부들부들 떨고 있었다. 그런데 선우는 하나도 무섭지 않았다. 무섭기는커녕 힘없는 저 주먹 안에 무슨 분노를 그렇게 움켜쥐고 있나 싶어 안쓰럽기까지 했다.

아빠와 눈이 마주쳤다. 씁쓸했다. 아빠에 대한 미움과 안타까움이 한꺼번에 뒤섞여 버린 기분. 엄마가 불안한 기색을 감추지 못하고 선우 옆으로 바짝 다가왔다.

"너, 너, 다, 다시 한 번만 그, 그런 짓 하면 용서 못 해."

아빠 목소리엔 한껏 용기를 낸 티가 났다.

"알겠어요. 난 나쁜 짓 안 했지만 이런 오해는 나도 기분 나빠요. 조심…."

네, 하고 대답하고 말면 아빠에 대한 복잡한 마음이 안 좋은 쪽으로 기울어질까 싶어 선우가 일부러 아빠 얼굴을 마주 보며 대답을 길게 이어 갔다. 그런데 아빠 얼굴 위로 지유 엄마 얼굴이 겹쳐 떠올랐다. 지유는 집에 갔을까? 지유에게 무슨 일이 생기진 않았을까? 지유에 대한 걱정이 걷잡을 수 없이 요동치자 지유를 그렇게 두고 오는 게 아니었다는 후회가 밀려왔다.

우두커니 서 있던 아빠가 안방을 향해 걸어가자 엄마가 아빠 뒤를 따라갔다. 엄마 뒷모습이 며칠 전, 집으로 걸어 들어가던 지유 뒷모습처럼 보였다. 깊고 깊은 어둠 속으로 빨려 들어가는 것 같았던 지유 뒷모습. 선우가 엄마 뒷모습을 보며 한 걸음, 한 걸음 걸어갔다.

"엄마!"

엄마가 뒤를 돌아봤다.

"엄마, 지유….

엄마가 무슨 말인지 알겠다는 듯 고개를 끄덕였다. 그와 동시에 안방 문 닫히는 소리가 들렸다. 엄마가 안방 문 앞에 서서 어서 다녀오라는 듯 선우에게 손짓해 보였다.

"난 괜찮아, 선우야. 아빠도 괜찮으실 거야. 걱정하지 마."

움직이지 않는 선우에게 엄마가 희미하게 웃으며 말했다.

"지금은 네가 지유 옆에 있어 줘야 할 것 같다. 엄마는 우리 선우가 옆에 있다고 생각하고 있을게."

선우가 고개를 끄덕이며 휙 돌아섰다. 거실에서 현관까지 미끄러지듯 걸어갔다. 운동화에 발을 미처 다 집어넣지도 않은 채 현관문을 열어젖혔다. 운동화가 벗겨질락 말락 선우 발에 간신히 달라붙어 있었다.

# 쉼터

숨조차 쉴 수 없을 만큼 엄마 표정이 싸늘했다. 지유는 숨을 멈췄다. 엄마가 저런 표정을 짓고 있을 땐 되도록 꼼짝 않고 있어야 했다. 그래야 덜 맞았다.

엄마가 옆에 있는 술병을 들어 병나발을 불었다. 콸콸, 수돗물을 틀어 놓은 것처럼 엄마 목구멍으로 술이 쏟아졌다. 단 한 번 들이켰는데 술이 절반으로 줄었다. 고개를 숙인 엄마가 한참 아무 말 하지 않았다. 지유는 엄마의 침묵이 더 무서웠다.

"잘못했어요, 엄마."

침묵을 견디다 못해 지유가 먼저 입을 열었다. 정말 맞고 싶지 않았다. 붉은 꽃이 피었다 지기를 수십 번, 수십 개의 멍이 이젠 검은 반점이 되어 버렸다. 지유는 온몸에 점을 단 채 살고 싶지 않았다.

"이리 와."

엄마가 고개를 들고 가까이 오라며 손짓했다. 어쩔 수 없었다. 무서웠지만 가야 했다. 무릎을 꿇고 있던 지유가 무릎걸음으로 엄마에게 다가갔다. 무릎에 팔을 걸치고 있던 엄마가 턱을 괴고는 지유를 바라봤다. 엄마가 더 가까이 오라고 고개를 끄덕였고, 지유는 엄마 곁으로 바짝 다가갔다. 엄마가 지유를 안고 싶은 듯 오른팔을 쭉 뻗었다. 순간, 엄마가 조금 더 편하게 안을 수 있도록 몸을 앞으로 내밀어야겠다고 생각했다. 그런데 아니었다. 꽈당, 지유는 뒤로 나자빠지고 말았다. 전혀 예상하지 못한 일이라 몸을 옆으로 돌릴 새도 없었다. 거실 바닥에 나자빠진 순간, 지유는 뒷골이 멍했다.

"내가 수백 번 말했잖아."

그랬다. 수백 번, 수천 번 말해서 엄마가 굳이 말하지 않아도 무슨 말을 하려는지 지유는 다 외울 수 있었다. 지유가 일어나 다시 무릎을 꿇고 앉았다. 돌멩이를 매단 것처럼 뒷골이 묵직했다.

"우리 둘이면 돼. 다른 사람은 아무도 필요 없어."

다른 사람은 필요 없으니 만나지도 말고 사귀지도 말라고 엄마가 수백 번, 수천 번 말했다. 지유는 그것을 어겨 지금 벌을 받는 것이었다. 천벌을 받아 마땅했다. 선우와 친구가 되었으니 말이다. 어디 선우뿐인가? 엄마는 선우네 아파트 경비 할아버지와 선우 엄마도 만나지 말라고 했다. 지유가 누굴 만나고, 무슨 짓을 하고 다니는지 다 알고 있다고 했다.

"몇 대 맞을래?"

이런 식으로 물으면 난감했다. 지유가 보기에 잘못의 크고 작음은 늘 엄마 기분에 따라 달라졌기 때문이었다. 게다가 지금은 엄마 기분이 매우 좋지 않은 상태라 더더욱 섣불리 말할 수 없었다. 지유는 머릿속이 복잡했다.

"더 가까이 와."

엄마 목소리가 약간 부드러워졌다. 한 가닥 기대를 걸고 지유가 엄마 가까이 다가갔다. 엄마가 술병을 들더니 남아 있는 소주를 마저 들이켰다. 함부로 내려놓은 소주병이 방바닥에 쓰러졌다.

"지유야, 힘이 너무 없어. 지금 난 널 때릴 힘도 없단다."

엄마는 정말로 힘이 없어 보였다. 갑자기 엄마가 불쌍했다. 그리고 미안했다. 엄마가 힘이 없는 것은, 지유가 엄마를 슬프게 한 탓이었다.

찰싹, 지유 오른쪽 뺨에 엄마 손이 와 닿았다. 그런데 아프지 않았다. 엄마 말처럼 엄마는 힘이 없는 게 분명했다. 지유 눈에 물기가 차올랐다. 지유는 제가 슬픈 게 힘이 없는 엄마 때문인지, 뺨을 맞았기 때문인지 헷갈렸다. 찰싹, 지유 왼쪽 뺨에 다시 엄마 손이 와 닿았다. 지유 고개가 오른쪽으로 심하게 돌아갔다. 참아야 하는데 눈에 차오른 물기가 삐죽 새 나오고 말았다. 지유 뺨 위로 두 줄기 눈물이 흘러내렸다. 그렇게 지유는 오른쪽, 왼쪽 뺨을 연거푸 몇 대 더 얻어맞았다.

"지유야!"

엄마를 더 힘들게 하기 싫어 지유가 얼른 고개를 들었다.

"지유는 알지? 엄마가 지유를 얼마나 사랑하는지?"

엄마가 손을 뻗어 빨갛게 물이 든 지유 뺨을 매만졌다. 엄마 손이 닿을 때마다 불에 덴 것처럼 쓰리고 아팠다. 그래도 지유는 내색하지 않았다. 엄마가 지유를 바라보며 울고 있기 때문이었다.

"엄마, 잘못했어요."

다른 멋진 말을 할 수 있으면 좋으련만 지유는 했던 말을 하고 또 하는 제가 원망스러웠다. 엄마 눈가에 맺혀 있던 눈물이 거실 바닥에 뚝 떨어졌다.

"지유야. 이리 와, 내 딸."

지유는 어색했다. 이런 일이 별로 없기 때문이었다. 그래도 머뭇거리며 지유가 엄마 품에 안겼다. 따뜻했다! 엄마 젖가슴이 지유 콧등에 닿자 새삼 뭉클한 기분이 들었다. 지유가 저도 모르게 엄마 품으로 더 파고 들어갔다. 그래, 중요한 건 엄마가 있다는 거야. 엄마가 없으면 이 세상에 나 혼자잖아. 엄마가 없으면…. 엄마 젖가슴에 풍덩 얼굴을 묻는데, 엄마 몸이 스르르 무너졌다. 지유도 덩달아 스르르 무너졌다. 엄마가 거실 바닥에 눕자마자 쌕쌕 코를 골아 댔다. 지유는 처음 본 사람처럼 엄마 얼굴을 찬찬히 들여다봤다. 엄마가 정말 불쌍했다.

그때였다. 바닥에 있는 휴대폰이 부르르 몸을 떨었다. 선우였다. 선우가 전화를 한 건 처음 있는 일이어서 지유는 받을 생각을 못하고 그저 가만히 휴대폰을 내려다보기만 했다. 왜 받지 않는 거냐고 다그치기라도 하듯 휴대폰이 몇 차례 더 심하게 몸을 떨어댔다.

띵, 지유가 휴대폰을 들었다. 선우가 보낸 문자였다. 목소리를 직접 들어야 하는 통화는 얼굴을 맞대고 있는 느낌이라 용기가 나지 않았다. 선우에게 엄마를 들켜 부끄러운데, 엄마가 선우를 지구대까지 끌고 갔으니 지유는 너무 비참했다.

괜찮아?

지유가 고개를 끄덕였다. 눈물이 핑 돌았다. 띵, 다시 문자가 왔다.

안 괜찮은 거 알아. 지유야, 나와!

막다른 골목에서 처음 봤을 때부터 선우는 낯설지 않았다.

억지로 피우는 담배도, 벽에 등을 기대고 앉아 멍하니 있는 모습도 낯설지 않았다. 꺼내 놓기 힘든 마음속 이야기를 저 혼자 벽에 대고, 어둠에 대고 이야기하는 것처럼 보였다.

선우가 집 근처에 와 있다고 생각하자 느닷없이 눈두덩이 뜨거워졌다. 찌르르 전기가 흐르며 목구멍도 뜨거웠다. 사실 지유는 선우를 보러 당장 달려 나가고 싶었다.

지유야!

지유가 문자를 읽고도 답을 하지 않자 선우가 다시 지유를 불렀다.

몇 달 전, 자기를 때린 아빠 품에 안겨 있는 엄마를 봤어. 아빠가 잘못했다고, 다시는 안 그러겠다면서 막 울더라. 그런 아빠도 이상했지만, 난 엄마가 더 이상했어. 불쌍한 듯 아빠 등을 엄마가 막 쓰다듬었거든. 엄마가 아빠를 더 꼭 끌어안았어. 난 엄마가 미웠어. 엄마가 그러는 게 무서웠어.

선우 엄마 얼굴이 생각났다. 지구대에서 지유 손을 잡고 괜찮냐고 묻던 선우 엄마 목소리도 생각났다. 쉼터에서 엄마에게 붙잡혀 다시 돌아온 날, 그날도 떠올랐다.

지유야!

선우가 지유를 애타게 불렀다.

그러면 안 돼. 넌 도망쳐야 해.

하지만 갈 데가 없었다. 지금 밖으로 나간들 갈 수 있는 데
라곤 학교 2층 창고나 막다른 골목밖에 없었다. 지유는 화가 났
다. 지유가 휴대폰을 확 던져 버렸다. 엄마가 눈을 번쩍 떴다.

"무슨 소리야?"

엄마가 서서히 몸을 일으켰다. 아차 싶었지만 지유는 아무
대답도 하지 않았다. 엄마가 다시 눈을 감고 거실 바닥에 누웠
다. 엄마는 아직 잠에 취해 있었다.

"지유야, 어디 가면 안 돼."

잠꼬대처럼 엄마가 중얼거렸다.

걱정하지 마, 엄마. 가고 싶어도 갈 데가 없는걸. 난 늘 혼자
잖아. 엄마가 그렇게 만들었잖아. 지유는 어쩐지 엄마보다 더
불쌍한 사람이 저 자신이라는 생각이 들었다. 선우 문자 때문
일까. 이런 저를 선우가 미워할 거라는 생각도 들었다. 바보, 천
치, 등신이라며 비웃을 것만 같았다. 옆구리가 결리는지 엄마
가 몇 번 뒤척이더니 벽을 향해 돌아누웠다.

"지유야, 알지? 엄만 널… 죽도록 사랑해."

뒤로 돌아누운 엄마가 계속 잠꼬대를 해 댔다.

죽을 때까지 너를 붙잡고 절대 놓지 않을 거야. 엄마가 그렇게 말하는 것처럼 느껴졌다. 지유는 숨이 꽉 막혔다.

'그러면 안 돼. 넌 도망쳐야 해.'

선우가 보낸 문자가 문득, 다시 떠올랐다. 진짜일까? 선우 엄마가 매를 맞고 산다는 사실이 지유는 믿기지 않았다. 자신을 때린 남편을 껴안고 위로했다는 사실이 놀랍고 아찔했다. 지유가 저도 모르게 몸서리를 쳤다. 지유가 생각을 지우느라 세차게 고개를 흔들었다.

'그러면 안 돼. 넌 도망쳐야 해.'

선우가 보낸 문자가 다시, 또 떠올랐다. 이상했다. 몸에 새긴 문신처럼 지워지지 않고 계속 계속 떠올랐다. 손을 꼭 잡아 주던 선우 엄마 얼굴도 떠올랐다. 적어도 그 장소, 그 시간에 선우 엄마는 지유에게 힘을 주는 유일한 존재였다. 그런데 나처럼 매를 맞고 살고 있다고? 가슴이 답답했다. 지유가 훅, 숨을 크게 뱉어 냈다. 그때였다.

"지유야?"

엄마 목소리가 들려왔다.

"지유야, 사랑해."

엄마가 웅얼거렸다.

사랑! 사랑한다고? 엄마 웅얼거림이 신호라도 된 듯 지유가 주위를 둘러봤다. 싱크대 앞에 널브러져 있는 소주병들, 여기저기 흩어져 있는 물건들, 거실을 가득 채운 술 냄새, 술에 취해 누워 있는 엄마. 지유가 옷을 걷어 제 몸을 들여다봤다. 팔목 위 색색이 겹을 이뤄 이젠 새까매진 멍, 허벅지로부터 다리까지 붉게 물들어 가는 멍. 그리고….

생각해 보면 지유의 삶은 숨을 쉰다고 살아 있는 게 아니었다. 오직 선유와 함께 있을 때만 지유는 살아 있었다. 언제쯤이면 죽은 듯 사는 삶을 끝낼 수 있을까? 언제쯤이면 온몸의 멍이 없어질까? 엄마 말처럼 엄마만 쳐다보면서 철저히 혼자가 되어야 모든 게 끝나는 걸까?

누가 안아 일으키기라도 한 것처럼 지유가 스르르 일어났다. 태엽 인형처럼 지유가 현관문을 향해 걷기 시작했다. 현관문 바로 앞까지 왔을 때였다. 그만 휴지통을 건드려 버렸다. 지유가 멈춰 선 채로 뒤를 돌아봤다. 벽을 향해 누워 있는 엄마 몸이 푸우 푸우, 거친 숨소리를 따라 부풀어 올랐다 오그라들기를 반복했다. 나가야 해. 나가야 해, 지금 당장! 누군가가 지유 작은 몸 안에 들어가 악다구니를 지르고 있었다. 지유가 현관문을 향해 다시 한 발을 내딛었다. 바로 그 순간이었다. 엄마가 몸을 뒤척이더니 돌아누웠다. 엄마가 지유를 보고 있었다.

쿵, 심장이 발가락 근처로 떨어지고 말았다. 호흡도 빨라졌다. 숨을 헉헉거리느라 지유 목구멍이 조여들고 이마엔 땀이 솟아났다. 지유는 소리를 내지 않으려고 얼른 제 입을 틀어막았다. 지유가 용기를 내 엄마를 다시 바라봤다.

"지유야!"

엄마가 눈을 깜박이며 중얼거렸다. 지유는 꼼짝도 하지 않고 현관문 앞에 그냥 서 있었다.

"지유야, 가지 마."

엄마가 눈을 감았다. 지유는 꿈틀거리는 엄마 눈꺼풀이 움직이지 않을 때까지 돌처럼 엄마를 보고 서 있었다. 구멍이 뚫린 것처럼 손바닥 가득 땀이 송송 터져 나오고 있었다. 문고리를 붙잡은 손이 저절로 미끄러졌다. 지유는 차가운 현관 바닥에 그대로 주저앉고 말았다.

띵! 그때, 뚫고 나올 것처럼 바지 주머니에서 빛이 뿜어져 나왔다. 지유가 오들오들 떨며 휴대폰을 꺼냈다.

> 지유야, 도망쳐. 거기 그대로 있으면 안 돼!

선우였다. 선우가 지유에게 악다구니를 지르고 있었다.

지유가 주춤주춤 다시 일어섰다. 자꾸 무릎이 꺾여 지유는 발가락에 힘을 꽉, 주고 섰다. 손이 미끄러지지 않도록 바지춤에 땀을 닦았다. 그리고 문고리를 쥔 손에 힘을 주고 현관문을 확, 밀었다. 현관문이 활짝 열렸다. 지유가 열린 틈으로 제 몸을 내던졌다.

쾅, 밖으로 나가기 무섭게 현관문이 거친 소리를 내며 닫혔다. 지유가 뛰기 시작했다. 대문을 향해 달려 나갔다. 현관에서 대문까지가 그렇게 먼지 지유는 미처 알지 못했다. 길고도 먼 길을 지유가 계속 달려갔다. 지유는 대문을 열자마자 본능적으로 담벼락을 향해 고개를 돌렸다. 거짓말처럼 선우가 담벼락에 등을 기대고 서 있었다. 지유를 본 선우는 깜짝 놀랐다. 눈을 동그랗게 뜬 채 잠시 잠깐 지유를 바라보기만 봤다. 그런데 지유가 선우 손을 확 틀어쥐었다. 선우도 그제야 지유 손을 꽉 움켜잡았다.

"가자, 얼른."

지유가 선우 손을 붙잡고 흔들자 선우가 아파트 쪽으로 몸을 돌렸다. 선우가 먼저 달리기 시작했고, 지유도 선우를 따라 달려갔다.

"지유야, 지유야."

사방에서 엄마 목소리가 들려오고 있었다.


"할아버지가 도와주실 거야."

선우는 아빠가 있는 집으로 지유를 데리고 갈 수 없었다. 그렇다고 막다른 골목에 데려갈 상황도 아니었다. 지유가 고양이

를 키울 수 있게 길을 터 준 것도 할아버지고, 지금도 지유를 도
와줄 사람은 오직 할아버지밖에 없다는 생각이 번뜩 들었다.
선우의 생각이 맞다고 대답이라도 하듯 경비실 불이 오늘따라
유난히 밝았다.

할아버지가 경비실 안에서 텔레비전을 보고 있었다. 선우
가 주위를 두리번거리며 경비실 문을 두드리자 할아버지가 고
개를 돌렸다. 안경 너머로 선우와 지유를 바라본 할아버지가
벌떡 일어섰다. 너무 빨리 달린 탓에 숨이 턱까지 차오른 지유
가 무릎을 움켜쥐고 헉헉거렸다. 선우가 경비실 문을 확 열어
젖히고 들어갔다.

"뭔 일이여?"

많이 놀랐는지 할아버지 목소리가 흔들거렸다. 지유는 여전
히 경비실 문 앞에서 허리를 굽힌 채 가쁜 숨을 몰아쉬고 있었
다. 선우와 지유를 번갈아 바라보는 할아버지 눈이 휘둥그랬다.

"도와주세요."

선우는 신창 공원에서 있었던 일이며 지구대에서 있었던
일을 이야기했다. 지유가 집을 나왔다는 말도 했다. 그새 경비
실 안으로 들어온 지유가 숨을 골랐다.

"그리고…."

선우가 지유 팔을 잡았다. 지유 옷소매를 걷어 팔목을 할아
버지에게 보였다. 할아버지는 입술에 피가 나도록 입을 앙다

문 채 아무 말도 하지 않았다. 지유는 멍을 드러내 보이는 게 창피했다. 너무 창피해서 당장이라도 선우 손을 뿌리쳐 옷소매를 내리고 싶었다. 하지만 꾹 참았다. 지유는 상처를 꺼내서 보이지 않으면 그 어떤 도움도 다시는 받을 수 없다는 것을 순간적으로 깨닫고 있었다.

"어떻게 해야 할지 모르…."

지유 말을 끊으며 할아버지가 벌컥 화를 냈다.

"쓸데없는 소리 하지 말어. 니가 어떻게 한다냐? 어른들이 잘못해서 일어난 일이니, 어른들이 해결해야지."

화를 삭이느라 할아버지가 천장을 올려다봤다.

"애가 아프면 가슴이 뭉그러지던데, 이렇게 니 가슴을 짓뭉개 놓고 니 엄마는 아무렇지도 않다냐? 아주 병이다 병이여, 몹쓸 병. 고쳐야 혀."

할아버지가 누구에게랄 것 없이 중얼중얼 혼잣말을 해 댔다. 화가 풀리지 않는지 했던 말을 하고 또 했다. 지유는 초조했다. 엄마가 뛰어 들어와 머리채를 휘어잡을 것 같았다. 어디로든 당장 도망가야 한다고 생각했다. 지유는 이제 더는 매를 맞고 싶지 않았다.

"할아버지!"

지유 목소리가 다급했다.

"그려, 내가 괭이는 못 지켰어도 넌 지켜 줄란다. 우리 집으로 가자."

"아니에요. 제가 아는 쉼터에 같이 가 주세요. 쉼터 엄마가 좋은 분인데 엄마랑 헤어지면 절대 안 된다고, 다시는 오지 말라고 했거든요. 할아버지가 제 사정을 이야기해 주시면 쉼터 엄마가 절 받아 줄 거예요. 쉼터에 가서 쉬고 싶어요, 이젠."

할아버지가 고개를 끄덕였다.

선우는 고개를 돌려 지유를 바라봤다. 또렷또렷, 제 할 말을 분명하게 하는 지유가 기특하고 예뻐 보였다. 머리라도 쓰다듬어 주고 싶었지만, 할아버지 앞이라 꾹 참았다. 그런데 지유 얼굴 위로 엄마 얼굴이 겹쳐졌다. 아, 엄마! 아직 할 일이 남았다는 생각이 퍼뜩 들었다. 선우는 지유와 할아버지에게 인사하고 얼른 밖으로 나왔다.

선우가 위를 올려다봤다. 11층, 선우네 집 주방으로 난 창이 어두웠다가 환해졌다. 엄마가 어서 오라고 신호를 보내는 것 같았다. 선우가 110동 현관을 향해 뛰기 시작할 때 할아버지와 지유가 경비실을 나왔다. 찰칵, 자물쇠 잠그는 소리가 등 뒤에서 들려왔다.

# 선유

한 달이 지났다.

학원 수업이 없는 토요일, 선우가 311번 버스를 탔다. 어젯밤부터 마음이 설레 잠을 통 이루지 못했다. 만나면 무슨 말부터 해야 할까 생각하고 또 생각했지만 마땅한 말이 떠오르지 않았다. 지유에게 건넬 첫마디를 다시 고민하고 있는데 버스가 멈췄다. 선우가 버스에서 내려 길 찾기 앱을 열고, 검색창에 '카페 휴休'라고 입력했다.

얼마쯤 걸어가니 카페 나무 간판이 보였다. 쉼터 근처, 지유를 만나기로 한 카페에 들어가 자리를 잡고 앉았다. 지유가 할아버지와 쉼터로 가던 날, 이제 쉼터에 가서 쉬고 싶다던 지유 말이 문득 생각났다. 선우는 지유에게 건넬 첫마디를 드디어 생각해 냈다. 그때 지유가 유리창을 똑똑 두드렸다. 머리카락이 그새 많이 길어 뒷머리를 질끈 동여매고 있었다. 씩씩해 보였다. 선우는 가슴이 두근댔다. 티 내지 않으려고 노력하는데도 얼굴이 달아올랐다. 지유가 밖으로 나오라고 손짓을 했다.

"선유야, 선유야!"

"뭐래? 웬 이름? 웬 다정?"

평상시답지 않게 지유가 선우 이름을 불러 대는 바람에 지유에게 건넬 첫마디를 그만 놓쳐 버렸다. 잘 쉬고 있지? 이렇게 '카페 휴'에서 물어보려고 했는데, 선우는 계획이 틀어져 살짝 짜증이 났다.

"흥, 너 부른 거 아니거든. 선유야!"

지유가 콧방귀를 뀌더니 다시 선우를 불렀다. 진짜 왜 저래. 선우는 지유가 어색해서 일부러 저러나 싶었다. 그런데 풀숲에서 고양이 한 마리가 불쑥 튀어나왔다. 지유 고양이였다. 지유가 허리를 굽히더니 고양이를 덥석 껴안았다. 그제야 선우는 지유가 고양이를 데리고 온 걸 알았다. 그렇게 신창 공원을 뒤져도 안 보이더니! 고양이를 찾아 주지 못해 선우는 못내 미안한 마음이었다.

"할아버지가 데려다줬어. 많이 컸지, 우리 선유?"

"아, 할아버지가 찾아 주셨구나. 역시! 야, 근데 이름이 뭐 그러냐? 내 이름이랑 비슷한 네 동생 이름을 고양이한테 꼭 붙여야겠냐?"

"신경 쓰지 마셔, 내 마음이니까."

지유가 선유야, 선유야 계속 불러 대며 고양이를 쓰다듬었다. 선우는 지유가 제 몸을 쓰다듬기라도 하는 것 같아 온몸이 간지러웠다. 나쁘면서도 괜찮은 것이 묘한 기분이었다. 선우는 낄낄거리는 지유 얼굴을 힐끗 보며 묻지 못한 첫마디를 지금이라도 건네야겠다고 생각했다. 사실 지유는 편안해 보였다. 이제껏 본 지유 얼굴 가운데 가장 밝았는데, 햇빛이 온통 지유만 내리쬐고 있는 것처럼 보였다.

"잘 쉬고 있지?"

지유가 고개를 끄덕였다.

"나 보고 싶다고 울면서 지낸 건 아니지? 네가 그럴까 봐 걱정 많이 했다."

"뭐래?"

"전학 간 학교는 어때? 아지트는 만들었어?"

지유가 큭, 웃었다. 선우는 아지트에서 지유와 들었던 고니 노래가 생각났다. 지유가 선우 저처럼 고니 팬이 되면 좋겠다고 생각했다. 그렇게 되면 둘이 나눌 이야기가 더 많아질 터였다.

"엄마는… 가끔 오셔?"

지유가 고개를 흔들었다. 그리고 먼 곳을 바라봤다. 지유 시선 끝에 큰 나무 하나가 서 있었다. 나뭇가지 흔들리는 걸 바라보다가 지유가 한참 만에 입을 열었다.

"우리 엄마… 형사 처분받았어. 지금은 병원에 있어. 알코올 의존증 치료부터 해야 한대. 나도 상담받았는데, 죄책감 갖지 말라고 하더라. 엄마를 사랑하는 마음이 생기지 않아 엄마한테 늘 미안했거든. 그래서 엄마가 때려도 미워하면 안 된다고 생각했어. 엄마를 사랑하지 않는 게 죄라고 여겼으니까 말이야. 근데 이젠 죄책감 느끼지 않으려고 노력해. 엄마는 내가 엄마를 사랑할 수 없게 날 막 대했으니까 내가 엄마를 사랑하지 않는 건 엄마 잘못이라고, 하루에 열 번씩 생각해. 효과가 있었나 봐. 지긋지긋한 감정에서 벗어나니 이젠 많이 편안해졌어."

나뭇가지가 바람에 세차게 흔들렸다. 나뭇잎이 360도 회전하듯 팔랑거리자 사방에 초록 물이 번졌다. 나무를 쳐다보다 지유를 본 탓일까. 선우는 지유가 연초록 나뭇잎처럼 보였다. 햇빛을 받아 진초록으로 성장할 푸르디푸른 나뭇잎. 지유가 나무를 보며 씩 웃고 있었다.

"그런데 내 엄마 말고 네 엄마는 오셨다."

"우리 엄마? 우리 엄마가 왜?"

선우는 깜짝 놀랐다. 지유 만났다는 말을 엄마한테 듣지 못했다. 오늘 아침, 선우가 지유를 만나러 간다고 했을 때도 엄마는 아무 말 하지 않았다.

"내가 보고 싶어서 오셨다고 하던데."

"설마?"

"사실 내가 좀 예쁘잖아. 내 미모가 치명적이라고 다들 그러거든."

웩, 선우가 구역질해 대자 지유가 눈을 흘겼다. 엄마가 왜 지유를 찾아갔을까. 호기심보다는 걱정이 앞섰다. 지유가 힐끗 보더니 선우 어깨를 툭 쳤다.

"맛있는 거 먹자고 하셔서 삼겹살만 먹고 헤어졌어. 아 참, 내가 네 엄마한테 좀 특별한 고백을 하긴 했다. 언제 또 뵐 수 있을지 모르니까 말이야."

지유가 엄마한테 고맙다고 말했다고 했다. 지구대에 간 날, 괜찮냐고 물어봐 준 엄마 덕분에 지유는 뭐라도 해야겠다고 마음먹게 되었다고 했다. 그렇게 용기를 내니 모든 게 달라지기 시작했다고, 지유가 선우를 보며 말했다.

"그런데 너 알아? 네 엄마 말씀이, 괜찮냐는 그 말, 너한테 배우셨대. 너한테 그 말을 듣고 엄청 힘이 났대. 그래서 나한테 말해 준 거래, 괜찮냐고. 네가 그런 애인지 몰랐는데, 너 좀 멋지더라!"

"내가 조금… 멋있긴 하지."

지유가 장난치듯 하는 말에 선우가 진지하게 대답했다. 지유가 배를 잡고 웃기 시작했다. 뭐가 그리 배꼽 빠질 만큼 우스운지 허리까지 숙여 가며 막 웃어 댔다. 바닥으로 떨어진 지유 웃음소리가 때굴때굴 굴러다녔다.

"너 땜에 배 아파 죽겠다. 가기 전에 약값 꼭 주고 가라. 아참, 또 있다. 나 너희 집에 초대받았다. 네 엄마가 나한테 밥 해 주고 싶으시대. 근데 가기 싫어. 네 아빠, 나 싫어하시잖아."

"와도 돼. 집에 아빠 없으니까."

"엉? 아빠가 없어? 어디 가셨어?"

"별거해. 엄마가 이혼하자고 했는데 절대 못 한다고 싹싹 빌더래. 그래서 떨어져 살아 보기로 했대. 결국 마음 약한 엄마가 또 졌지, 뭐."

"아, 그럼… 가도 되는 거야? 별거하시는데?"

"야, 너랑 나랑 별거하냐? 어른들 문젠데 왜 우리가 왔다 갔다를 못 해? 너도 참 생각이 특이하다, 특이해."

선우 핀잔에 지유가 입술을 삐죽거렸다. 그래도 선우 집에 가게 되어 기쁜지 지유 입꼬리가 샐쭉 올라갔다.

"엄마 무슨 꽃 좋아하셔?"

지유는 선우 집에 놀러 가는 날, 꽃을 선물하고 싶었다. 선우는 엄마가 무슨 꽃을 좋아하는지 몰랐다. 그리고 보니 엄마가 좋아하는 음식이며 노래, 색깔도 모르고, 엄마에 대해 알고 있는 게 별로 없었다. 선우는 별안간 엄마에게 미안했다.

"넌 꽃 좋아해?"

"응, 좋아하지. 사 줄래?"

"미쳤냐?"

선우는 다다음 만나는 날에 지유에게 꽃을 사 줘야겠다고 생각했다. 마음이야 당장 사 주고 싶지만, 다음 만나는 날엔 지유가 꽃을 사 온다고 했으니 꾹 참아야 했다.

지유 품에 안겨 있던 고양이가 팔짝 뛰어 땅바닥으로 내려갔다. 길 건너, 뭔가를 봤는지 고양이가 쏜살같이 달려갔다.

"선유, 서. 거기 서. 네 이놈, 선유야!"

지유가 고양이를 잡으러 뛰어갔다.

"야, 너 고양이 이름 빨리 바꿔. 상당히 기분 나쁘거든."

선우도 지유를 따라 뛰어갔다.

푸진 봄볕 때문일까. 선우 눈에 눈물이 고였다. 땀을 닦는 척, 지유가 볼세라 눈가에 눈물을 얼른 닦아 냈다. 선유야, 선유야. 그새 지유는 저만큼 달려가 있었다. 선우가 고양이보다 더 날쌔게 지유를 향해 뛰어갔다.

《아지트에서 만나》를 쓰는 도중 두 주인공과 만나 밤새 긴 이야기를 나눈 것만 같은 느낌이 들었다. 왜 이런 묘한 기분에 사로잡혔는지 궁금했던 나는 내 지난날을 낡은 수첩을 뒤지듯 살펴봤다. 그리고 2009년 나온 나의 첫 책,《나는 진짜 나일까》때문인 걸 비로소 알게 됐다. 줄거리가 비슷하지도 않고 주인공의 성격이 비슷하지도 않지만 주인공이 맞닥뜨린 문제적 상황 때문인 것 같았다.

사실, 우리가 맺고 있는 모든 관계와 상황은 삶에 막대한 영향을 끼친다. 가끔은 어떤 관계나 상황이 인간의 삶을 한순간에 뒤집어 버리기도 한다. 나는 나의 첫 책에서 그런 관계와 상황이 주인공을 얼마나 피폐하게 만드는지, 좌절하게 만드는지 이야기하고 싶었다. '나답게'를 빼앗긴 주인공 이야기를 통해 같은 상황에 부닥친 아이들을 위로하고 싶었던 것이 그때의 내 마음이었다.

그리고 시간이 흘러《아지트에서 만나》를 쓰는 내내 나는 《나는 진짜 나일까》의 주인공 건우를 볼 때 그랬듯 선우와 지유가 관계와 상황으로부터 부디 자유로워지기를 간절히 소망했다. 그렇지만 아무리 소망한다 해도 관계와 상황으로부터 자유로워지는 것은 어쩜 불가능한 일인지도 모른다. 예기치 못한 상황은 언제 어디서든 벌어지고, 원치 않는 관계는 어디서든 다시 맺어지기 때문이다. 게다가 한 가지 문제를 해결했다고 모든 문제가 일시에 해결되지는 않는다.

그렇다면, 수많은 관계와 상황으로부터 자유로울 수 없다면 정말 우리에게 필요한 것은 무엇일까? 아마도 나는 이 질문에 답을 하기 위해 긴 시간을 건너 《아지트에서 만나》를 쓴 것만 같다. 살아가는 데 있어서 무엇보다 중요한 것은 방법을 알려 주고 설명하는 것보다 문제를 스스로 해결해 나갈 수 있도록 자기 안의 동력을 회복시켜 주는 것이고 그 동력은 인정과 이해, 공감을 통해서만 가장 빛나게 만들어질 수 있기 때문이다.

나는 정말 절실하게 선우, 지유가 서로를 이해하고 인정하고 공감하며 다시 일어서기를 바랐다. 구렁텅이와도 같은 관계와 상황으로부터 벗어나 정말 빛나게 자기 자신을 사랑하길 바랐다. 자기 안의 동력으로 선우답게, 지유답게 살아가길 바랐다.

강연 때마다 독자들이 첫 책의 다음 이야기를 써 달라고 한 결같이 주문했는데 나는 오랫동안 그 약속을 지키지 못하고 있었다. 그런 나에게 어느 날 문득, 거짓말같이 선우와 지유가 찾아왔고 길을 걸을 때도 심지어는 밥을 먹을 때도 선우와 지유가 생각났다. 어떻게든 이 이야기를 하지 않고는 못 배기겠다는 생각이 들자 또 거짓말같이 글이 써지기 시작했다.

어설프게나마 10년 넘게 못 지키고 있던 약속도 지키게 됐고 숙제도 한 셈이니 이제 남은 건 내 안의 동력을 스스로 살피고 만들어 내는 일일 것이다.

오래전부터 만나 온 독자들이 내가《아지트에서 만나》를 다시 쓰도록 만들어 준 것처럼 나는 부족한 내 글을 사랑하고 기다려 주는 독자들로부터 늘 큰 이해와 인정, 공감을 받고 있다. 그 중요한 사실을 이번 작업을 통해 또다시 깨달았으니 바다와도 같은 이해와 인정, 공감을 밑천으로 다시 나아가야겠다. 나를 가장 사랑하는 방법인 글을 쓰는 일로부터 내 안의 동력을 만들고 작동시키며 자박자박, 꼼지락꼼지락 지치지 말고 걸어가야겠다.

나의 가장 큰 에너지는 내 글을 읽어 주는 독자들이다. 다시 한번 부족한 글을 사랑해 주는 독자들께 고맙다는 인사를 올린다. 더 좋은 글, 더 따뜻한 글을 쓰도록 노력할 것을 약속한다.

최유정

도넛문고
04

다른 포스트

뉴스레터 구독신청

## 아지트에서 만나

**초판 1쇄** 2023년 6월 15일

**지은이** 최유정

**펴낸이** 김한청
**기획편집** 원경은 차언조 양희우 유자영 김병수 장주희
**마케팅** 박태준 현승원
**디자인** 이성아 박다애
**운영** 최원준 설채린

**펴낸곳** 도서출판 다른
**출판등록** 2004년 9월 2일 제2013-000194호
**주소** 서울시 마포구 양화로 64 서교제일빌딩 902호
**전화** 02-3143-6478 **팩스** 02-3143-6479 **이메일** khc15968@hanmail.net
**블로그** blog.naver.com/darun_pub **인스타그램** @darunpublishers

**ISBN** 979-11-5633-528-3 44810
         979-11-5633-449-1 (SET)

다른 생각이
다른 세상을 만듭니다